GUSTAVO GAC-ARTIGAS

# ERA EL TIEMPO DE SOÑAR

## . . . CON LOS PAJARITOS PREÑADOS

Ediciones Nuevo Espacio
Biblioteca Gustavo Gac-Artigas

Copyright: Gustavo Gac-Artigas    1988 – 2015

Editora: Dra. Priscilla Gac-Artigas (miembro colaborador de la Academica Norteamericana de la Lengua Española – ANLE)

Primera edición: Mosquito editores, Chile, diciembre 1992

Segunda edición corregida, paperback, Ediciones Nuevo Espacio, enero 2016

ISBN 978-1-930879-66-9

Primera edición digital, enero 2016

ISBN 978-1-930879-65-2

www.editorial-ene.com

Publicado en los Estados Unidos de América

## Prólogo

Tras un frustrado intento de regreso a Chile en 1984 y tras deambular por Latinoamérica en inútil busca de un país donde vivir y soñar, el autor y su grupo de teatro expulsados del que consideraba su continente, regresa a Europa.

En la luminosidad de los amaneceres de Róterdam, en sus ruidosos atardeceres, rodeado del aroma de especias de lejanos países, lejanos pero no inalcanzables, limpiando sus narices del olor a ácido, el ácido que usted pensó y el ácido de los vómitos de una solitaria mujer que vivía en el departamento de abajo, el autor terminó este manuscrito.

Lo terminó dos años antes de que el dictador abandonara el poder tras perder un plebiscito en 1988 y en 1990 se permitiera el regreso de los exiliados.

En 1985, momento de iniciar su travesía, fueron solamente algunos exiliados a los que se les otorgó un pasaporte válido para viajar a Chile, entre ellos el autor, para luego en siniestra broma dicatatorial prohibirle la entrada junto a otros 5000 chilenos incluidos en una lista negra de individuos que por representar "un peligro para la seguridad del Estado". A los 5000 de la lista les estaba prohibido de por vida pisar aquella lejana franja de tierra que comenzaba a desvanecerse en los recuerdos.

Ello explica la extraña e irreverente dedicatoria.

El manuscrito terminado fue enviado a la madrina del boom, Carmen Balcells, sin gran esperanza por parte del autor, eran tiempos en que sus esperanzas se habían quedado perdidas en la cordillera de los Andes.

Todas las mañanas, a primera hora, se levantaba, no se acicalaba por lo que no tenía y jamás tendrá grado miitar alguno —y aquí el avisado lector habrá entendido a quién se hace mención— y se dirigía a la estación central de Róterdam a esperar una carta con la respuesta.

A diferencia del coronel, un día, el 25 de agosto de 1988, el cartero sonriendo le alargó un sobre en el que se leía, escrito con máquina amiga y cuidadosa, el nombre del autor. El membrete del sobre decía Agencia Literaria Carmen Balcells.

Durante tres días y sus respectivas noches permaneció sentado frente a su escritorio, aquel espacio sagrado que su hija de tres años, un día que lo vio más triste que de costumbre, describió diciendo: papi, tú no tienes patria, tienes solamente una mesa y una silla.

Al finalizar el tercer día abrió el sobre, la carta la firmaba Carina Pons, la mano derecha de Carmen, quien le comunicaba que tras leer el manuscrito pensaban que el texto podría tener muy buena acogida en las editoriales Lumen y Grijalbo, de Barcelona, y Alfaguara de Madrid. Y que de ahí en adelante habían designado a Javier Aparicio como mi contacto con la agencia.

Alfaguara, Lumen y Grijalbo, nombres mágicos que anunciaban una nueva era, sin embargo, al igual que pasara con la lista maldita de los 5000 castigados a errar por la eternidad, lista de honor de Pinochet, una sombra se atravesó en el camino.

La primera señal fue un llamado de Javier, quien pensaba que el autor tenía el éxito al alcance de la mano, diciendo que los editores pedían un cambio de nombre, que los pajaritos preñados podía sonar sarcástico en un momento de tragedia. Los pajaritos preñados desaparecieron en el espacio. La segunda señal fue decirme que el exilio chileno podría ofenderse por lo que parecían algunas críticas y por el humor del texto.

Al parecer no eran tiempos de críticas, de pensar fuera del riel y menos aún de reírse.

Extrañas palabras que recordaron al autor las de un amigo quien se había trasladado de París a Barcelona y quien tenía a su cargo el contacto con el mundo editorial.

La tercera señal fue el silencio que acompaña los manuscritos enterrados, una sombra negra se había atravesado nuevamente en mi camino, pero esta vez no era la sombra de la dictadura y no por ello era más amable puesto que la nueva sombra era nuestra sombra.

Pese a no tener un gallo de pelea, con el pasar del tiempo tuve que copiar el parlamento de Gabo y responderle a mi señora, al igual que el coronel lo hiciera, cuando me preguntó qué comeríamos en nuestro futuro.

—Mierda, comeremos mierda, pero a los pajaritos y los sueños los alimentamos.

Hoy, los pajaritos preñados vuelven, desentumecen sus alas en la red y se entregan a los lectores.


Al releerlo veintiocho años más tarde entendí por qué los comisarios no podían dejarlo pasar y por qué hoy, al igual que ayer, no lo dejarían pasar.

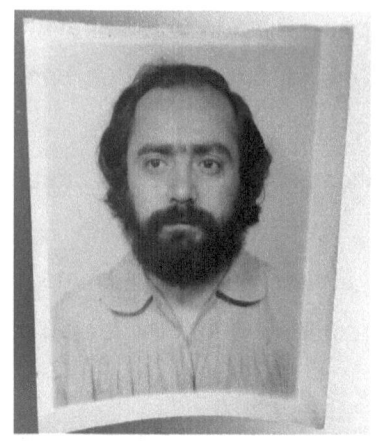

El autor - 1988                    El autor - 2016

año en que finalizó el manuscrito    año de la presente edición

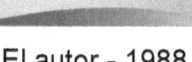

*Era el tiempo de soñar con los pajaritos preñados*

Año en que el manuscrito
desapareciera de las mesas
de algunas casas editoriales
donde fuera presentado por la
Agencia Carmen Balcells
bajo buenos augurios.

Año en que los pajaritos preñados
regresaron a manos del lector
cobijados por los cambios en el
mundo editorial.

A los hijos de puta
que se quedaron en París
(1985)


...y que tenían razón.
(1988)

El Enano suspiró tres veces, entornó los ojos mirando al cielo, se acomodó en la silla mientras sus piernas chuecas intentaban desesperadamente tocar el suelo, cambió varias veces de posición y finalmente escogió la pose egipcia —tres cuartos de costado, un brazo en ángulo la mano apuntando hacia el futuro y el otro a la altura de la cintura, la palma de la mano mirando hacia arriba, los dedos señalando al pasado— y habló.

Gerardo, el director, contemplaba divertido la escena e intentaba en vano concentrarse en lo que El Enano decía mientras cientos de imágenes cruzaban por su mente en ese cuartucho miserable de un hotel de Medellín, la suite de honor como la llamó el empleado que arrendaba por horas los cuartos a las parejas que entrelazadas entraban furtivamente a vaciar sus jugos y que salían uno a uno separados para siempre en el país consagrado al Sagrado Corazón de Jesús.

—Por lo tanto saco la mano —finalizó dramáticamente El Enano volviendo lentamente a su posición normal para enseguida deslizarse trabajosamente de la silla hasta llegar al suelo, agarrar una pesada maleta de cartón amarrada con un trozo de cabuya y atravesar la puerta del cuarto.

—Pero eso es otra historia —murmuró Gerardo, en una de sus habituales frases que nada tenían que ver con la realidad y que se le escapaban traicionando sus pensamientos mientras contemplaba al último de los actores que se había unido a su grupo en el transcurso del año pasado en Colombia.

Una vez que El Enano cerró la puerta tras suyo, Gerardo miró temeroso a las dos actrices, las que a coro le lanzaron la gran pregunta.

Dos años antes de este día memorable, Gerardo se encontraba tendido sobre una cama del servicio de reanimación cardíaca en el noveno piso de un hospital de la comuna francesa de Créteil rodeado de un grupo de médicos que intentaban inútilmente descifrar una serie de electrocardiogramas sorprendidos por unos extraños signos que reaparecían obstinadamente cada 18 palpitaciones.

El conjunto de médicos concentró su mirada en el Gran Maestro, el jefe del piso, brujo todopoderoso de los hospitales, quien lentamente emitió unos ruidos guturales, bucales, algo primitivos que sonaron aproximadamente así: bof, of, uf, bon, boef, para enseguida diagnosticar: es un gran enfermo, desconéctenlo y déjenlo pasear. Lo mantendremos en observación.

Desde ese lunes Gerardo pudo ir a fumar a escondidas en las duchas del hospital y encerrarse durante horas en el WC intentando descifrar lo que se habían dicho los médicos en ese lenguaje cavernario y enigmático.

Dependiendo del día se decía: debe ser una enfermedad mortal, y caía en una dulce depresión pre-mortem, o si esa mañana lo había despertado la enfermera de ojos azules, abandonaba cantando su refugio para ir a visitar a los enfermos mentales a los cuales tras una sabia medida el director del hospital había trasladado del último piso al sótano luego de que más de una docena se le mató al arrojarse por las ventanas convencidos de ser pájaros y que volando regresaban a sus nidos.

Otras veces, escondido tras una columna observaba a El Pingüino, un enfermo de un metro cincuenta cuyo cuello era una masa triangular que unía la cabeza a los hombros, los brazos pegados al tórax hasta la altura de los codos. El Pingüino, que se paseaba bamboléandose en el hall del hospital y que en los días de lluvia contemplaba, los ojos llenos de lágrimas, los charcos de agua que se formaban en el patio.

Al llegar la hora de las visitas, bajaba entre ansioso y aterrado al hall sin saber si encontraría a sus dos actrices o a Germinaldo, chileno al que el conjunto del exilio en Francia designara, por sus grandes dotes, encargado oficial de los entierros y discursos funerarios.

Germinaldo, quien había tomado tan en serio su papel que se compró un gran sombrero alón y un larguísimo abrigo negro elementos que sumados a su nariz aguileña le daban un perfecto aire de jote.

Eran tan efectivas y emocionantes las ceremonias que preparaba que al poco tiempo la totalidad de los latinoamericanos en Europa se lo peleaban para enterrar a los uruguayos, argentinos, brasileños, bolivianos y paraguayos víctimas de esa terrible enfermedad que es el exilio.

Llegó a tanto la identificación con su nuevo personaje que dejó de escribir marchas revolucionarias para dedicarse a componer himnos fúnebres los que partían el alma de los asistentes a quienes inexplicablemente, en medio de las lágrimas, les daban unos deseos irresistibles de levantar el puño y enterraban marchando a sus compañeros.

Las actrices le traían los chismes del exterior y se mostraban falsamente alegres. Gerardo nunca les confesó que cada día las veía secarse las lágrimas a la entrada del hospital, maquillarse nuevamente, mirar con terror para ver si Germinaldo estaba ahí y colocar esa cara de alegría-circunstancia tan melodramáticamente latinoamericana y que no engaña a nadie.

Cada vez le recordaban su primer amanecer en la sala de reanimación donde pasó la noche en vela escuchando agonizar al paciente de la pieza contigua y el diálogo de las enfermeras de día que al verlo exclamaron a coro:

—¡Pero qué buena cara tiene hoy, monsieur Dupont! Si sigue así dentro de muy poco nos abandonará para regresar a su casa.

Y al pasar a la pieza de Gerardo, éste alcanzó a oír el resto del diálogo dicho en voz baja:

—No me explico cómo el viejo pasó la noche, en todo caso de hoy no pasa.

Para enseguida mirarlo y exclamar a coro:

—¡Pero qué buena cara tiene hoy...!

No alcanzaron a terminar la frase cuando las sirenas de alarma y los botones rojos y verdes a los que estaba conectado comenzaron a chillar y a prenderse y apagarse cual fuegos artificiales de fin de fiesta de l'Humanité.

Como prima, tuvieron que cambiarle las sábanas, lavarlo y darle una dieta especial para pararle la media diarrea que le dio.

La noche anterior al día en que la junta médica debía decidir de su salida o permanencia en el hospital lo despertó una gran algarabía en el pasillo del pabellón de cardíacos.

14

Al salir de su pieza encontró en una acalorada discusión a las enfermeras del piso con Mustafá, un obrero árabe que en su medio francés intentaba explicarles que Jean Claude, el paciente de la pieza tres, se estaba muriendo y que por lo tanto no necesitaría más el televisor a colores que, en un acto de fe, había recién arrendado y pagado por un mes.

Que en esas condiciones era más justo que él que no tenía los medios económicos para arrendar uno y que estaba seguro de salir vivo se lo llevara a su pieza para distraerse.

Desgraciadamente para Mustafá triunfó el cartesianismo. El televisor regresó a la pieza de Jean Claude, el que falleció dos horas más tarde y Mustafá regresó a su pieza las manos vacías jurando por las barbas de El Profeta que nunca entendería a gente tan falta de lógica como son los franceses.

Seis horas más tarde, a las diez de la mañana, se realizó la junta médica en la que afortunadamente participó un médico chileno ya que fue él quien reconoció los extraños símbolos y diagnosticó: —son tomates chilenos. No tiene nada, lo que pasa es que a este huevón le hace falta la cordillera de los Andes.

Y ante la extrañeza de los franceses comenzó a explicarles que en Chile se dan unos tomates cuyo olor, al penetrar en un individuo, dilata su corazón y su cerebro quitándole el sueño por la eternidad, enfermedad para la cual el único remedio conocido es el comer nuevamente uno de ellos al pie de la mata mirando la cordillera con el ojo derecho y el mar con el izquierdo.

Así fue como esa misma tarde Gerardo tapó sus oídos con cera abandonando para siempre el canto mágico de los hospitales firmemente decidido a realizar su sueño: regresar a su continente y esto en el primer barco, el de los vivos y no en el segundo, el más económico, el que llevará las cajas con las cenizas de los suicidas, los cardíacos, los solitarios, las mujeres o los hombres abandonados y los muertos de tristeza en el viejo mundo.

El viento juguetón y mal intencionado barrerá de los cementerios las cenizas de los integrados para llevarlos en una última broma europea y depositarlos en los rincones del último barco regresándolos anónimamente al continente al mismo tiempo que la lluvia borrará sus nombres de las cruces hechas con maderas exóticas que no resisten el estar fuera de su tierra.

Dejó tras él la mole de cemento del viejo hospital, esquivó a Germinaldo que fiel a su misión hacía guardia en la puerta, miró con ternura a El Pingüino pensando que en sus electrocardiogramas deben aparecer icebergs, evitó en el césped pisar a los locos que alegremente se escapaban del hospital cavando túneles convencidos de que eran topos y, silbando, retornó a su teatro dispuesto a convencer a las dos actrices que, al fin, la ruta estaba señalada.

Entró en la sala vacía, la cruzó lentamente los ojos clavados en la escena, con emoción la vio iluminarse, escuchó las voces de los actores ensayando, en sus oídos resonaron los aplausos del último y del primer estreno, subió al escenario y parándose en el medio gritó:

—*Ça y est, on rentre!*

Fue mucho más tarde, a 15.000 kilómetros de distancia, que se dio cuenta que el grito le había salido en francés.

Fiel a la leyenda tan arraigada en el pueblo chileno de que los niños vienen de París, esa noche fundió sus olores con aquellos inconfundibles de Dalibá, la actriz de piel canela cuya perfecta piel mostraba las siete marcas que dejó grabadas en ella el sol cuando la abrazó por primera vez en una solitaria playa del Caribe.

En una última noche de gritos con acento de trópico y del sur del continente entremezclados con los gritos de madame Cottin, su vecina francesa que celosa golpeaba el techo del dormitorio con el mango de una escoba gritando: —*arrêtez, ça suffit*! —antes de comenzar a recriminar duramente a su esposo, engendró a su hija a quien en el momento de nacer, al ver su piel dorada llamó Melina, que significa, según los dioses del teatro, la hija de la isla de la miel.

A partir de ese momento los parisinos, tristes por naturaleza, contemplaron extrañados a un alegre trío que cantando y bailando una ancestral danza griega aprendida en el verano del 84 (ya que no pudieron ponerse de acuerdo sobre una danza latinoamericana que resumiera las tres nacionalidades) entraba a las tiendas en busca de cajas de cartón mientras riendo explicaban a las vendedoras en un francés cada vez con más acento que al fin regresaban.

Afortunadamente para ellos se les notaba que eran latinoamericanos, quizás por ser los únicos que no usaban poncho en ese frío invierno parisino, y las vendedoras les regalaban las cajas encantadas del *charme* del acento sudamericano. Acento que es idéntico al de los árabes, pero que para desgracia de éstos perdió el *charme* al mismo tiempo que ganaron su independencia.

Con un amor del que solamente son capaces los locos, los aventureros, los poetas y los actores fueron guardando cuidadosamente sus tesoros: una vieja bufanda apolillada en una de cuyas esquinas se alcanzaba a leer Pierre Cardin, la que les sirvió en el vestuario de una de sus creaciones, tres fracs de esos que se encuentran en los Traperos de Emaús o que los franceses regalan a sus refugiados políticos o a los niños que mueren de hambre en el África; si al decir de los chilenos que de lejos contemplaban envidiosos, hasta el polvo de los años y las huellas de sus pasos empacaron.

El tiempo, detenido en los últimos años, comenzó a volar junto a sus sueños y en las noches cada uno se convertía en un nuevo Cristóbal Colón que atravesaba los mares en busca de nuevos y más amplios horizontes mientras eran envueltos por los olores de los mercados que repiten hasta la eternidad los montoncitos de hierbas aromáticas y de frutos de su tierra y de su mar en una explosión de colores.

El viento mezclaba los olores y los mecía arrullándolos con el sonido de la quena que repite una triste melodía cuando se pierde en medio de los bosques salvajes del sur del continente o con el alegre ritmo que crea cuando se pasea elegante cimbrando las caderas de los cocoteros en las playas tropicales o finalmente arrullándolos con el ritmo mágico que produce cuando hace reír y llorar al mismo tiempo los guaduales en Colombia.

La primera, María de las Mercedes, cambió las velas de la Pinta por las alas de un cisne y en el aeropuerto Charles de Gaulle miró un solo instante tras ella el país donde abandonara a su marido y se separara de su hijo al que encontró años más tarde loco de amor y soledad, una navidad, en una calle cubierta de nieve corriendo desnudo tras los amarillos tranvías de Dresden sin saber todavía que al igual que los tranvías de Ámsterdam éstos no conducen a ninguna parte.

Cerró los ojos sin lamentarse y los abrió solamente cuando escuchó los gritos de los vendedores ambulantes ofreciendo "arepa 'e huevo p'al mal de amor", "hormigas culonas para el olvido" y "huevos de iguana para la suerte".

Miró a su alrededor, escogió la más vieja y pintada de las chivas, subió a ella y se instaló en medio de las gallinas, cerditos, sacos de yuca, canastas de maracuyá y raíces, sobras de lo que los campesinos llevaban a vender a los mercados, y se perdió en medio de los platanales tratando de identificar los ruidos que fueron familiares a su infancia.

El extraño que tenía a su lado y que se parecía como una gota de agua al retrato que años atrás recibiera de su primo seminarista no paraba de interrogarla sobre Europa: si..., si..., si...

María de las Mercedes miró mentalmente hacia atrás, recorrió los doce años pasados desde aquel día frío y brumoso en que desembarcara junto a Gerardo, ambos expulsados de Chile, en el aeropuerto de Orly. Comparó el confortable bus que los llevara a comenzar el exilio en un foyer ubicado a 50 metros del Folies Bergères en pleno centro de París a la chiva inconfortable pero cuánto más hermosa en que iba y dijo:

—Es como un polvo mal hecho, te cansa y te deja una sensación de vacío y de tristeza.

En aquel momento escuchó cantar los guaduales, abrió sus ojos y entró de lleno en la tierra de los verdes mágicos de Caldas en cuyo centro, siempre humeando, amenazante, está el Nevado del Ruiz.

Dalibá se quedó algunos meses más hasta estar segura de

que el espermatozoide con que la fecundó Gerardo no era tan distraído como él y que en cualquier momento olvidaría su misión y saldría nuevamente al exterior con embrión y todo a darse una pequeña vuelta.

Arregló lo inarreglable, empacó los recuerdos en una pelea constante con Gerardo que apenas podía los desenvolvía e intentaba la imposible tarea de revivirlos y clasificarlos en el desorden natural de su cabeza jugando a buscar rostros amigos, a reconstituir parejas extraviadas miles de veces en los caminos del exilio, a cambiar cuerpos y caras, a intentar luego colocar un nombre a cada ser inventado, a ponerles algo de bondad en su interior y llevarlos a vivir en nuevas escenas sin darse cuenta de que ya en la vida real le era imposible colocar un nombre sobre una sonrisa.

Cada tanto Dalibá se ponía febril, le brillaban sus hermosos ojos negros, enormes, profundos, llenaba el cuarto de olores y con la excusa de tener que formar una barrera de semen para impedir la salida del embrión se tiraba alegremente a Gerardo en medio de diarios, se interrumpían para leer una crítica y continuaban acariciándose entre los afiches que manchaban y desgarraban ruidosamente.

Hasta que agotado y necesitando nuevamente estar solo Gerardo fue a una agencia de viajes ubicada en la calle Monsieur le Prince y compró un billete para Puerto Rico. Al día siguiente la condujo al aeropuerto sin saber que en el interior iba la tercera mujer de su vida, quizás la única que entendería su lenguaje, que se reiría con sus bromas y que jodida como el padre se guardó obstinadamente de revelar su secreto hasta que su madre se volvió una última vez en lo alto de la escalerilla que conducía al avión.

Solamente en ese momento se decidió a dar vuelta sobre sí misma y mover sus bracitos en un adiós al padre diciendo: no te olvides esta vez, no te quedes, te espero.

Y Gerardo recibió el mensaje.

A partir de ese momento comenzó a pasear solo por París y sus alrededores, nuevamente cruzó el bosque de Vincennes en la madrugada en el momento en que las putitas se retiran y una vez más queda el castillo, único testigo de los amores de una noche, de un momento antes de ir a la oficina; de la desesperación de la putita que al ver su cartera vacía se para en medio de la avenida gritando a voz en cuello: —¡a 50 la pipa atómica, a cincuenta!

Castillo testigo, pese a las rebajas, de los no amores de los obreros que a primera hora, dueños por unos minutos de la historia, cruzan libres el bosque para ser devorados algunos metros más allá por una boca de metro que a medida que los despoja de todo deseo de aire libre o grandes espacios los vomita a lo largo de la ciudad para ir a realizar los más sucios y oscuros trabajos de la ciudad luz.

Durante dos años Gerardo había recorrido el bosque todos los días de la semana intentando sorprender los secretos del castillo, descifrar las escenas de las que fue testigo. Cada día lo atacó desde una avenida diferente de aquellas que nacen o mueren en él hasta que logró saltar el foso y se encontró conversando con sus distintos habitantes, presos políticos o nobles presos.

Conoció a Diderot, Fouquet, Mirabeau, el cardenal de Retz, asistió a la ejecución del duque d'Enghien (constató que éstas no han cambiado a lo largo de los siglos), siguió con su mirada al cólera cuando se deslizó en el pabellón de la reina y arrancó de entre sus brazos a Daumesnil, y en el pabellón del rey, vio agonizar y morir entre sus brazos a Mazarin.

Vio el bosque cambiar de tonos en el otoño y vestirse de miles de matices de rojo, café, amarillo y naranja. Lo vio perder sus hojas y vestirse de blanco con el pudor de una virgen, se emocionó al ver tiritar las putitas desnudas bajo sus abrigos de piel, sonrió con ellas cuando salió el sol. El bosque se transformó en su amigo.

Recorrió innumerables veces el río Marne, se paseó por los bordes del Sena, dejó correr su vista desde la pasarela del Pont des Arts donde iba a pasear con Dalibá en las noches luego de hacer el amor intentando vanamente que las imágenes reflejadas por el agua se confundieran con las del río Calle-Calle que atravesara sus años de estudiante en el sur de Chile.

Se paseó por los cementerios de muertos, comprobó con espanto la existencia de cementerios de vivos en lucha permanente por ampliarse, adquirió la habilidad de abrir y cerrar sus sentidos a voluntad durante las despedidas y esto sin que nadie se diera cuenta de que no estaba allí, mirando sin ver o viendo aquello que estaba escondido.

Casi se enamoró de una joven actriz francesa durante el estreno de una ópera de Brecht, habló con turcos, judíos, árabes y franceses (solamente le sacó el cuerpo a los latinoamericanos), nunca más respondió el teléfono el que usó solamente para comunicarse en las noches con todas las capitales del mundo intentando encontrar una voz amiga y un lenguaje hablable.

Rodeado de recuerdos celebró su último cumpleaños en Europa (al menos así lo creía) en casa de unos amigos en l'Ile

Saint Louis con el extraño sentimiento de comenzar una nueva nostalgia, escuchando música latinoamericana, la verdadera, la que evolucionando conserva sus raíces y no tiene necesidad de vestirse de poncho y de cintillo o de añadirle al charango un puño levantado, o un venceremos a una cumbia, para justificar un momento de alegría.

Recordaron su llegada doce años atrás cuando estos mismos amigos lo descubrieron en un primer espectáculo que montó en el teatro del foyer donde desembarcara en París, y que desde ese día lo acompañaron hasta el momento de su partida.

Faltaba uno, el más alegre de esa alegre banda, muerto de cáncer unos días antes a la misma hora en que se depositaban en la Prefectura de Policía los papeles que oficialmente hacían desaparecer al grupo de teatro en Francia.

*A bientôt, Charles.*

Se emborrachó de nostalgia, vinos, manjares, música y cariño. Escuchó y registró para siempre en su memoria el único disco grabado en francés por Violeta Parra en el que relata orgullosa cómo entró al Louvre "por la puerta ancha y no por la ventana" para exponer sus arpilleras, arreglo de cuentas con los chilenos de la época que la despreciaron por parecer más una empleada doméstica que una intelectual.

Y presintiendo el exilio, en la otra cara del disco cantaba:

> Por qué me vine de Chile
> si allá yo estaba tan bien
>
> ...
>
> quiero tomar chicha,
> bailar una cueca,

comerme un pequén

...

contigo mi bien.

Conoció el secreto de los bigotes de Pierre, hijo de un obrero de ferrocarriles, intelectual parisino, cuyos bigotitos a la Richelieu se erizaban cada vez que escuchaba a Atahualpa y que ese día le confesó que fue a la salida de un recital de éste en La Scala que su mujer le permitió por primera vez besar su dorado sexo perfumado al vodka como le enseñara su tatarabuela a su bisabuela cuando ésta tuvo que huir de Polonia, única posibilidad para las mujeres de Polonia de conocer la felicidad.

En reconocimiento, compró un disco 45 grabado por el joven cantante argentino del que el crítico de la casa de grabación, Chant du Monde, decía: como compositor no vale gran cosa; pero de todas formas es interesante ir a descubrir a este guitarrista llamado Yupanqui.

Se equivocó de avión embarcando en uno lleno de soldados que iban a reprimir una sublevación en una de las últimas colonias francesas (llamadas púdicamente territorios de DOM TOM) del cual lo bajó el comandante sin saber si fusilarlo por espía, encerrarlo por loco o tratarlo con gran deferencia pensando que podía ser un signo del destino en los momentos en que por primera vez iba a poner en juego su vida.

Encontró finalmente su avión, grande, naranjo, las alas parchadas (cuando la dictadura lo expulsó de Chile, Naciones Unidas lo trajo en Air France, al regresar por sus propios medios lo hacía en uno de esos chárteres de compañías latinoamericanas en cuyos aviones se suben solamente aquellos que viven una vida prestada), montó en esa máquina infernal —mitad pez, mitad pá- jaro— la que implacablemente devoró la fila que lo precedía hasta que con terror vio llegar su turno y una vez más en su vida dio el paso fatal abandonando la tierra firme.

—¿Pasillo o ventanilla? —preguntó la azafata mientras Gerardo comenzaba a estudiar interesado el interior del monstruo.

—¿Pasillo o ventanilla? —repitió impaciente la azafata.

Él la miró sin comprender, le alargó el primer pedazo de papel que encontró en sus bolsillos y murmuró: huaso bruto nací y huaso bruto he de morir, prefiero viajar a caballo.

—Ventanilla —dijo la azafata tomándolo del brazo y empujándolo suavemente hasta su asiento donde, haciendo una excepción, le sirvió de inmediato un enorme vaso de whisky.

Mientras intentaba eliminar el zumbido que torturaba sus oídos y hacer descender su estómago, firmemente agarrado a los cuatro pelos que le quedaban en la cabeza divisó una mujer que en forma evidente ilustraba, como los curas, sin ningún interés, un ritual repetido miles de veces.

Sacaba una máscara, no de oro, ni de plata, ni una maravillosa máscara precolombina hecha en greda. ¡No! ¡De plástico! Casi tan fea y sin gusto como la artesanía que distinguidos indigenistas latinoamericanos fabrican a escondidas en sus casas adaptando los diseños y colores a los gustos del momento de sus clientes europeos quienes al usarla se creen dignos descendientes de Atahualpa y orgullosos muestran a sus amigos un certificado, garantía de autenticidad, escrito a máquina y firmado por el propio Inca.

Cuando algún latinoamericano con mala fe e ingenuidad intenta probar que no es auténtica se retira apabullado ante la categórica respuesta: —no es por nada que Machu Picchu es una base de aterrizaje para naves extraterrestres y que a decir verdad —añade el chileno—, Colón salió de Valparaíso.

En todo caso, costumbre menos dañina que la que tomaron algunos grandes almacenes europeos que inspirados en ellos enviaron sus compradores a recorrer el altiplano andino comprando la totalidad de la producción, pero exigiendo se tejieran los modelos diseñados en París por sus expertos.

Así nacieron esos meses de América Latina que inundaron el mercado (y que a 15.000 kilómetros destruyeron una cultura), meses a los que, para darles un toque de autenticidad, los grandes almacenes celebraban siguiendo la idea de un director de teatro brasileño de contratar refugiados latinoamericanos, disfrazarlos de indios, entregarles quenas, bombos y charangos para que mimaran la música difundida por los altoparlantes (generalmente "El cóndor pasa"), mientras la más bella, la de los pómulos más salientes, amarrada de una cuerda plástica volaba de un piso a otro del almacén.

Cuerda de plástico que se asemejaba al cordón umbilical que unía la máscara al techo del avión y por donde se supone baja el néctar de la vida.

Acto seguido, la pobre azafata se colocaba —sonriendo penosamente, casi al borde de las lágrimas, consciente del inútil y ridículo papel que representaba— un viejo chaleco salvavidas al que había que echar aire en permanencia soplando por la boca al mismo tiempo que con los dedos de ambas manos se tapaban los agujeritos dejados por el paso de las polillas y en el que se alcanzaba a leer "en Dios confío".

En aquel momento los oídos de Gerardo se despejaron y desde el exterior le llegó una mezcla de ruidos, gritos, balazos, granadas que explotaban, himnos revolucionarios e himnos militares sumados al ruido de pasos de alguien que corría.

Miró por la ventanilla y distinguió la figura de un militar chiquito, regordete, con el uniforme semidestruido lleno de condecoraciones, una larga capa que apenas ocultaba los dólares que caían de sus bolsillos, con lentes oscuros pese a ser de noche seguido de tres edecanes que cargaban cada uno un ataúd.

En el primero de ellos se podía leer "A mi papá querido", en el segundo "A mi mamá adorada" y en el tercero, el más pequeño y lujoso "A Bob, mi perro choco e inolvidable compañero".

Pisándole los talones corría un enano quien daba acrobáticos saltos gritando órdenes a la masa que llenaba el aeropuerto al mismo tiempo que sacaba manzanas de una mochila las cuales luego de arrancarles el palito y contar hasta tres arrojaba sobre el dictador. Manzanas que al explotar salpicaban al militar de manchas rojas y cafés producto de los elementos con que fueron abonadas.

Gerardo logró abandonar el avión cruzándose en la puerta con el capitán-general justo en el momento en que pese a los agujeros en el fuselaje, ventanas y salvavidas este logró despegar.

Cantando se unió a la masa para dirigirse al Palacio de Gobierno y al mirar por última vez hacia el avión vio en el extremo de la pista otro general que llegaba; pero esta vez era el de carabineros quien arrastraba por la cola una yegua muerta sobre la que había pintado burdamente: "a Lucía, yegua, madre y compañera".

El balcón presidencial se abrió sobre la gran plaza y apareció un nuevo militar cargado de condecoraciones quien con la voz aguda de los milicos leyó su primer decreto:

—En virtud del poder que me fuera conferido por el Todopoderoso ordeno cambiar el color amarillo del avión de la compañía aérea nacional por el color naranja y tapar todos los agujeros.

Y el nuevo capitán-general del equipaje deseó un feliz viaje a los distinguidos pasajeros en el preciso momento en que el avión atravesó la capa de nubes y entró de lleno en el cielo azul.

—Hace años que no como picarones —recordó Gerardo.

El perfume de la azafata lo envolvió recordándole aquella que le tocó en el viaje de venida, francesa hermosa, de finos labios que se fruncían levemente para dejar escapar unos angelicales "bof" en dirección de los expresos los que tras largos y solitarios meses de cautiverio la devoraban con sus ojos. Ella, digna, fría, seca, repetía el ritual mirando fijamente al fondo veinte centímetros por sobre sus cabezas dejándolos con la incómoda sensación de que los había violado para enseguida dejarlos caer sin un gesto de simpatía, sin siquiera entregarles una toalla para limpiarse.

Por pura deformación profesional, Gerardo comenzó a imaginar las variantes que podía tomar la ceremonia.

Desnuda, fue lo primero que pensó al observar el público de la clase turista, aquellos que durante años acumularon centavo sobre centavo para pagarse el viaje de sueños y escapar así de la monotonía, creyendo los ilusos que el solo cambio de continente bastaría, sin darse cuenta de que son ellos mismos los principales asesinos de sus sueños.

Aquellos que desde el primer caramelo que les regalan se ven obligados a agachar la cabeza y volver a la realidad al tener que acomodarse con disimulo la placa dental que se les desprendió antes de dirigir una sonrisa resplandeciente a sus vecinos.

Los mismos que con gran propiedad hablan de la torre, el arco, los campos, que en los baños ensayan con una marraqueta bajo el brazo la pose más francesa imaginable para decir:

—*Comment allez-vous?*

Los mismos o parecidos que en sentido contrario, cual nuevos conquistadores hablan seguros del carnaval, de las negras que los esperan ansiosas para aprender las artes del verdadero amor y que leen y releen el último guía Michelin que les explica cómo sortear las trampas de los simpáticos pero ladrones autóctonos, que lo primero que hacen es robarles el famoso guía para ver si siguen hablando de ellos en Europa y ver qué método tienen que cambiar.

Tiernos turistas los que una vez desembarcados se les reconoce por la llamada de auxilio que se lee en sus ojos, por lo que pasean juntitos como rebaño y en los campos miran de reojo las terrazas de los cafés sin atreverse a tomar asiento, pese a sus pies adoloridos, pensando siempre que los dólares que llevan amarrados a la cintura no les alcanzarán para pagar la cuenta.

Los otros, los europeos, los de mundo, llegan al carnaval, compran un poncho, bailan con la gracia de un hipopótamo, cuando son gringos le añaden esa simpática sonrisa de superioridad que los caracteriza y cuando logran comprar el simulacro de amor de una mulata terminan en el hospital víctimas de una crisis cardíaca o caminando como patos luego de que ésta les rompe los riñones al primer apretón de piernas.

Desnuda, se dijo, pensando también en la posibilidad de regalar la vista de algún exiliado de esos que recorren el mundo en busca de un país y que cazan hasta las moscas de los aviones para ver si son moscas made in Chile y si presentan algún cambio que indique el fin de la dictadura.

Se la imaginó entrando desde la cabina del piloto iluminada en contraluz y poco a poco, a medida que el ceremonial avance, iluminarla suavemente con una luz rosada en concordancia con el almíbar que envuelve las palabras del texto.

O finalmente la simplicidad, vestida de negro con una frágil túnica, una máscara en la mano, avanzando lenta, implacable como el destino mientras el coro conformado por el resto del equipaje recitaría el texto. Una vez más en su vida Gerardo tuvo que rechazar una puesta en escena al sentir que otra vez el público no entendería nada o su mente se abriría bruscamente, lo que en ambos casos daría el mismo resultado: saldría corriendo en un movimiento de pánico de esos golpísticos que no detiene nadie y se arrojaría del avión dejándola en una de esas soledades que sólo comparte el artista incomprendido.

—Ignorantes —murmuró Gerardo ante la mirada atónita de su vecina.

La azafata, como si leyera en sus pensamientos, en un gesto solidario le sirvió otro whisky, y el director, en una respuesta de gratitud decidió añadirle música a la ceremonia, cambiar el color de la túnica por blanco y airear sus movimientos para quitarle el gusto a ceremonia de muerte que creyó descubrir desde un comienzo.

Vació la mitad del vaso de un sorbo y se prometió no encargarle la música a Germinaldo.

—La muerte —murmuró Gerardo ante la mirada aterrada de su vecina que llorando dulcemente comenzó a orinarse y a entonar el Ave María.

El argentino que iba en el asiento de atrás insultó a la azafata, al piloto y a la compañía exigiendo que de inmediato encontraran y arrojaran del avión al perro que le había meado los calcetines que le había tejido su santa viejecita.

El argentino, la vieja y el amoníaco despejaron a Gerardo que aprovechó algunas nociones de economía para llevar a cabo un balance de su vida.

Nociones aprendidas en su primer año de estudio en la escuela de Economía de la Universidad Católica luego de que en una actitud visceral, pero futurista, intentó expulsar a su profesor recién regresado de los Estados Unidos y que más tarde durante el gobierno del Hacedor de Eclipses apareció como el jefe de los Chicago Boys, grupo de economistas encargados de aplicar en Chile la política de Milton Friedman.

Profesor al que en forma evidente no logró expulsar produciéndose más bien lo contrario, lo que muestra la falta de humor y justicia por parte de las autoridades, situación que no solamente no cambió en el futuro sino que se transformó en norma frente a cada batalla que Gerardo emprende. Y Gerardo es un batallador, no un guerrero, un batallador de sus batallas.

Al parecer esta historia de hacer balances viene de los judíos y por lo visto todo el mundo tiene algo de ellos ya que se pasan la vida haciéndolos. Y que me perdonen los judíos, sé que en "todo el mundo" hay mucho hijo de puta.

Que me perdone todo el mundo ya que entre "los judíos" también los hay.

Balance del primer año de matrimonio, de los negocios, de los primeros treinta años, de las vacaciones, de los sueños, de la historia, de los cuarenta (que dejan de ser los primeros), del exilio: el exterior y el interior, del último balance, etc...

Si hasta los marxistas se contagiaron y hoy son los más adeptos: balance de la reunión de célula, del activo, del congreso, de la campaña de finanzas, de la de reclutamiento, de la huelga general, de las últimas elecciones cuando cada partido cuenta sus votos una y otra vez para ver si la inversión fue o no productiva, de los últimos años para ver si la rueda de la historia continúa implacablemente su avance, como se dice, o más bien continúa chapoteando y resbalando sobre la sangre de los caídos, como no se dice.

Dependiendo del ritmo y color de las imágenes que desfilaban por su mente distinguía las conocidas de aquellas que anunciaban el futuro.

Recordó el amor de una estudiante universitaria la que se le entregó su última noche de permanencia en Chile y de la que supo muchos años más tarde, en Hammamet, que su nombre significa "la que rompe la soledad". A decir verdad aquella amazona, digna descendiente de los colonos alemanes que colonizaron el sur, no solamente rompió su soledad sino que casi le rompe los riñones buscando impedir que abandonara el país en aquella hermosa época en que se salía voluntariamente y no expulsado.

Se veía en la cima de una pirámide multicolor (decorado que

buscara durante meses junto a un grupo de amigos arquitectos para su última creación en Francia), subiendo al lago Titicaca, atravesándolo en una balsa de juncos, bordeando el Illimani, adorando al sol en Machu Picchu, esquivando por poco unas arenas movedizas y bajando vertiginosamente hasta el Pacífico para internarse navegando sobre las gigantescas olas que desmienten el nombre del océano.

Dependiendo de los sacudones del avión cambiaba de vehículo y pasaba a manejar un viejo y parchado camión por rutas perdidas en medio de la selva, esquivando caimanes y pantanos e internándose por terrenos inexplorados en busca de algo que no lograba alcanzar y que al rozarlo le provocaba una enorme sensación de felicidad para enseguida alejarse riendo junto a miles de loros que le bloqueaban la ruta.

Todas imágenes que dejan la sensación de algo ya vivido o de película ya vista; pero de esas que a uno lo dejan clavado en el asiento entre maravillado, envidioso y amargado al tener esa enorme frustración de saber que una vez más se vive a través de otros y confirmar que en el fondo se es incapaz de enfrentar su propia aventura.

—Picarones pasados —murmuró Gerardo haciéndosele agua la boca, y en espera de la comida se acomodó en el asiento partiendo esta vez hacia el exilio.

Ramón, su amigo carnicero, golpeó violentamente a la puerta de su departamento a las dos de la mañana. Entró agitado y le rogó con voz angustiada y desesperada que le diera un calmante, le amarrara las manos y alejara de él un paquete que abrazaba contra su pecho.

Gerardo lo hizo entrar, le sirvió un agüita perra de esas de las que su bisabuela tenía el secreto, y hablándole con voz suave intentó calmarlo sin lograr despegar sus ojos del paquete que los dedos de Ramón mantenían firmemente agarrado.

A las tres, el lenguaje de Ramón se aceleró y cayó de rodillas en medio del living pidiendo a Lenin, mientras golpeaba su pecho con el paquete, que tuviera piedad de nosotros.

En un comienzo Gerardo pensó que se refería a Lenin González, tesorero del Partido Comunista quien perseguía implacablemente a sus militantes para que se pusieran al día en el pago de sus cotizaciones lo que lo transformó en el personaje más odiado y temido del exilio. Gracias a esta extraña habilidad de perro de caza que se le desarrolló y a su eficacia es al mismo tiempo el personaje más condecorado de su partido, habiendo inclusive ganado la más preciada de las medallas del exilio, la famosa "empanada roja".

Más tarde se dio cuenta de que se refería al otro, al que popularizó el nombre y que afortunadamente para los que vivieron en su época, carecía de esta dote.

A las tres y cuarto comenzó a presentar convulsiones para luego caer rodando por el piso recitando el texto que en reunión de un grupo de amigos estudiaban en aquel momento: Un paso adelante y dos atrás.

Pasos que en su delirio Ramón confundía con carreras (sobre todo en dirección contraria a la de la historia), y quizás por lo que pasó los primeros años del exilio en Argentina le añadió ritmo de tango para terminar antes del tan tan de rigor y de perder el conocimiento gritando el nombre de su mujer la conocida economista Kolontayia González.

A las cuatro, cuando el agüita hizo efecto, Ramón le entregó el paquete que contenía un afilado cuchillo carnicero y le confió que de un tiempo a esta parte se veía en sueños, en la mañana al afeitarse, o al comerse un bistec, descuartizando a su mujer.

Gerardo lo vigilaba con un ojo mientras con el otro examinaba el cuchillo, una joya para cortar carne, y decidió guardarlo no tanto por la seguridad de la mujer de su amigo ya que para matarla hubiera necesitado no de un cuchillo sino de una sierra eléctrica, sino por lo que ama cocinar.

Y ésta es la mejor adquisición que hizo en el exilio.

Se sintió algo cura al recordar que ese mismo día al cambiar de departamento a un conocido crítico éste le confesó que se separaba para siempre de su mujer, una hermosa porteña, luego de que en su último viaje se encontró a segundos de incrustarse voluntariamente bajo un camión para silenciarla definitivamente y así poner término a sus recriminaciones.

La buena mujer, que nunca sospechó cuán cerca estuvo de

pasar a la cacerola, venía jodiéndolo desde Ámsterdam por una historia —por una vez falsa— de faldas y ya se acercaban a las puertas de París.

Fue en la última área de descanso donde se detuvo para calmarse luego del acto fallido que el crítico tomó la decisión de separarse y vender su auto para no caer en la tentación de atropellarla en las calles de París mientras sus ojos inyectados de sangre se acordaba de aquel viejo chiste sobre el marido que asesina a su esposa por lo mismo: por jodida. Un hombre que no soportaba oír el sobrenombre que le habían puesto: "piojo" y su mujer, conociendo esto, aprovechaba cualquier ocasión para repetírselo. Hasta que un día fue más allá de los límites de lo humanamente aceptable y el pobre hombre, en un grado de exasperación máxima la agarró, la llevó a un puente y la arrojó al río desde donde la mujer, que no sabía nadar continuaba gritando —piojo, piojo, glup, piojo, glup, glup.

Hasta que hundió su cabeza en el agua y lo último que vio el pobre marido fueron sus dos manos que surgieron del agua haciendo no un gesto de desesperación o de pedir auxilio o de pedir escusas, ¡no!, refregando con rabia una contra otra las uñas de los pulgares en el conocido gesto de matar piojos en América Latina.

Gerardo miró automáticamente hacia el lado esperando encontrar a María de las Mercedes. Al no verla se acordó de su matrimonio y cómo este fue haciendo agua lentamente durante diez años de exilio y terminó cuando su primera mujer lo abandonó en medio de una creación cuando más insoportable se encontraba.

—A propósito —se dijo—, tengo que aprender a nadar.

Matrimonio que naufragó definitivamente en una fiesta

campestre de salchichas y cerveza cuando se hundió por primera vez en los grandes ojos de Dalibá.

El Arquero aplaudió ruidosamente luego del estreno el gesto de María de las Mercedes vengándose así de Gerardo que le había dado el papel de mástil en la carabela de Colón y no el rol que había pedido —por una vez que uno de los actores no quería ser Cristóbal—: quedarse entre bambalinas para ver cambiarse de vestuario a Dalibá y ayudarla, pese a que ella no se lo pedía, a fijar la colita del minúsculo traje de carnaval en sus anchas y generosas caderas y colocarle polvitos dorados en el seno derecho y plateados en el izquierdo.

Extraño poder el de algunas escogidas que logran lo imposible: que el actor no vaya en su dirección natural e intente romper el muro que lo separa de su público para entregarse a él, que deje la escena, el goce que significa el actuar y lograr que el goce sea compartido para terminar con una mirada compartida, una sonrisa cómplice, frente a aquellos que incapaces de lograrlo intentan justificarlo todo, fijarlo todo, etiquetarlo todo.

Aquellos que al no poder transmitir sobre la escena un sentimiento en vez de una consigna pasan horas explicando lo que intentaron hacer y la justeza de su opinión. Los mismos que fijan las reglas de un juego único, reglas que son válidas para los otros y que rompen alegremente cuando les conviene.

Reglas y etiquetas que atraviesan las ciudades, las montañas, las fronteras, los mares y continentes para ser repetidas y utilizadas por los comisarios y repetidores cuya lengua pende siempre lista a mojar la goma y aplicar la frase aprendida de memoria creyendo saberlo todo, creyendo poseer la clave sin saber que el método no es nuevo, que ya en el pasado muy pocos pegaron etiquetas sobre muchos, y que cada vez que el resultado se conoce la humanidad tiembla.

Intento de no salir a escena y sentir placer que chocaba doblemente a Gerardo, como director y como Gerardo por lo que ya había comenzado secretamente a impregnarse del olor de Dalibá.

María de las Mercedes, que lo intuía, miró sin rencor por sobre la mesa en dirección de Gerardo y con horror tomó conciencia de que nunca antes lo había visto tan flaco y tan cansado después de una creación.

Por una vez se alejó del teatro e intentó imaginárselo como era antes. Recién ahí se dio cuenta del significado del grito de alarma que les lanzara la estudiante de teatro francesa que contrataron para ayudarlos a terminar el vestuario la que entre ensayo general y ensayo general, diez días antes del estreno, tuvo que estrechar día tras día el vestuario de Gerardo.

—Hijos de puta —murmuró María de las Mercedes—, y a El Arquero se le heló la sonrisa cuando se dio cuenta de que no se refería a los que estaba mirando sino a él y a sus cómplices, un muchachito colombiano al que el director llamó para hacer un reemplazo y una mala actriz francesa que pese a todos los esfuerzos y ofertas que hizo no obtuvo un papel, con los cuales se divirtió saboteando la creación.

Del otro lado de la mesa, Gerardo leyó sus pensamientos y se prometió que nunca más en su vida haría una creación con alguien en contra al interior del grupo y que a la primera de cambio lo sacaría ya que de los que están en contra afuera se caga en la diferencia.

A decir verdad, el tema de la obra no era fácil: el choque entre dos culturas, entre dos mundos y aquí no solo jugaba el mundo del autor o de los actores, jugaba el universo del exilio, y en uno de sus momentos más difíciles, cuando se intuía que la hora de las definiciones llegaba: o se continuaba en el rol de eterno y pobre refugiadito, una forma como otra de disfrazar la quedada, o se rompía con esta imagen y se preparaban seriamente a regresar, o simplemente se integraban.

Una vez más el ser o no ser, del que muchas veces nos olvidamos tiene en sus dos acepciones contenido el ser.

Todas las tendencias externas atravesaron el grupo en lo que a esta parte de la obra se refiere. Aquellos que sacaron la teoría del "llevamos tanto tiempo viviendo en una democracia avanzada que ahora nos es imposible regresar incluso en el caso de un gobierno de transición o democracia primitiva", aquellos (los más puros) que se defendieron desde un punto de vista ideológico, como el refugiado argentino al que unos jóvenes sandinistas de visita en Francia le preguntaron ingenuamente:

—Y ahora, con la vuelta a la democracia, ¿cuándo regresas?

Afortunadamente para él se encontraba en una asamblea de gente que odia a muerte la social democracia y se la pudo sacar con aplausos.

—Con la social democracia, ¡jamás! Solamente regresaré el día en que en mi patria, la gran nación Argentina, tengamos un verdadero gobierno revolucionario como el de Nicaragua.

Acto seguido levantó su copa de champaña brindando por el internacionalismo proletario, abrazó al nica que le hizo la pregunta y con gran disimulo le dio el medio pisotón mientras alcanzó a escucharse un suspiro con una entonación de algo así como "hijo 'e puta".

Otros hablaron de los niños y su educación. Dependiendo de la edad, se decía la primaria, secundaria, universitaria, posgrado, doctorado; niños que en su mayoría regresaron antes que sus padres, y los que se quedaron, agarraron la campanilla tilín, tilín.

Otros plantearon que la experiencia acumulada en el exilio, su conocimiento del metro y del idioma exigía de ellos el sacrificio de quedarse para orientar al futuro régimen en los caminos de la diplomacia internacional, y comenzaron a repartirse los futuros cargos en las embajadas y organismos internacionales. Fueron ellos quienes crearon la sociedad llamada "los futuristas".

Los recién llegados vieron con espanto que la famosa discusión ponía en peligro su solicitud de asilo y se concertaron para exclamar a coro:

—¡Bravo compañeros, ahora les toca a ustedes tomar el relevo!

Y se abrazaron felices de la fórmula que encontraron y que cagó a medio mundo. Cuando hubiera sido tan fácil el poder decir me quedo, o poder decir me voy.

La obra terminaba con el regreso imaginario de un exiliado al interior de su país, viaje al que lo enviaba otro personaje, el Abogado del Diablo, encarnación de la conciencia colectiva que lo emborrachaba de imágenes de su tierra, olores de campo y comida y de la infaltable botella con el elíxir del interior.

Pobre exiliado que al probar el primer plato típico tiene que reconocer con tristeza que eran mejores aquellos que devoraba durante sus sueños en el exilio.

Que ante el primer ruido en la Alameda, la misma de las grandes avenidas —y afortunadamente el tiempo es relativo— salta al pasado subiéndose al primer poste o pirámide que encuentra para gritar en dirección al Palacio de Gobierno:

—¡Aguante compañero Allende! ¡Aquí llegué yo para defenderlo!

Que aterrado intenta comunicarse con la gente que lo rodea sin lograr entender en qué momento le cambiaron el lenguaje pese a que él está seguro de que sí, que nació allí, que habla el mismo idioma y que el no tener papeles no significa nada. Que puede jurar que salió del mismo barro.

Que no es su culpa, que el tiempo corre distinto dependiendo del país, del continente donde uno se encuentre.

Todo lo que lo vuelve presa fácil hasta del más mísero cachorro de la jauría que compone los mal llamados —debido a la ignorancia de los milicos— servicios de seguridad ya que en realidad lo único que aseguran es la inseguridad. A veces, y mostrando por una vez un gran sentido del humor, los llaman servicios de.... inteligencia.

Pero cómo pedirle a los milicos que llamen las cosas por su nombre cuando la humanidad entera sabe por experiencia propia que el tiempo transcurrido desde el momento en que por primera vez amarraron una piedra a un palito y comenzaron a golpearse hasta que descubrieron los cascos para protegerse la cabeza fue demasiado largo y que ya no hay nada que hacer.

Quedaron brutos per sécula seculórum.

—Piedras —exclamó el exiliado acordándose de aquella frase célebre pronunciada pocos días antes del golpe por un conocido político chileno: "No se preocupen compañeros, hasta las piedras se convertirán en armas..." Algunos días después del golpe el orador fue detenido y pasó los cuatro años que siguieron chuteando piedritas en un campo de concentración en el sur de Chile prometiéndose que si salía vivo y alguna vez tenía nuevamente la oportunidad de lanzar una frase célebre primero se compraría una honda.

Todas estas desgarradoras y constructivas imágenes eran creadas en escena por El Arquero. Solo, frente al público, sin otro actor en quien apoyarse salvo al final cuando el Abogado del Diablo lo tomaba por el hombro, lo traía de regreso de su viaje y le servía una copa de vino al mismo tiempo que le preguntaba:

—¿Y qué piensa hacer el señor cuando regrese a su país?

Y el exiliado vaciaba una vez más la copa, lo miraba y respondía...

—Instalar un restaurante francés, huevón.

Algunos meses más tarde cuando la pieza rodaba en su ritmo propio luego de confrontar el texto escrito con el de la puesta en escena y el resultado ahí surgido con el público, gran parte de las tensiones se habían limado.

El colombianito atravesó la puerta de entrada a escena en el buen sentido para él, hacia afuera, hasta que corrigiera esos defectos de juventud que lo caracterizaron durante su paso por el grupo: la arrogancia y la insolencia.

—Gerardo, Jacques Lecoq encuentra que mi perfil me favorece aún más visto desde la izquierda así que te ruego estudies mis movimientos teniendo en cuenta este detalle.

—Gerardo, quiero que mi personaje use cintillo para que mi

amplia frente juegue con mis cejas y mis ojos para darme un aire juvenil y juguetón.

—Gerardo, no entiendo el significado de... —para luego de la explicación y entender, recomenzar, como si la noche fuera mala consejera, al día siguiente.

—Gerardo, consulté con mi almohada y hoy no estoy de acuerdo.

Y así sistemáticamente con un diálogo, con una palabra, con una coma.

El milagro se produjo el día antes del estreno cuando en un momento de descanso preguntó en voz alta:

—Gerardo, no quiero ser cruel, pero mañana quisiera traer una botella de champaña. ¿Qué te parece?

—Es increíble el poder de la escena —confirmó mentalmente Gerardo, para enseguida responder: —encantado Luciferio, tráela y mañana la beberemos en el camerino después del estreno.

Pero como los milagros no existen Luciferio agregó:

—Oh no, no tiene nada que ver con el estreno, lo que pasa es que creo que un augusto director que montará una pieza de García Márquez me dará el papel principal ya que todo el mundo concuerda en que tengo el caracter de un personaje garciamarquiano.

Al día siguiente, luego de beber la champaña, contagiado por los largos meses de ensayo, en el momento de señalarle la puerta de entrada a escena, Gerardo le dijo:

—No quiero ser cruel Luciferio, pero te ruego cruces la puerta para que esperes sin angustia la llegada de tu rol.

Lucifero esperó y esperó, la obra se presentó y Luciferio

continuaba esperando. Cuatro años más tarde Gerardo se lo encontró en la Universidad Nacional de Colombia donde, cerca del teatro en el que iba a presentarse con su grupo, apenas se atrevió a preguntarle:

—¿Y? ¿Cómo te va?

Y Luciferio contestó:

—Excelente, aquí estoy esperando que me den el papel principal en una obra de Molière ya que luego de mi estadía en Francia todo el mundo concuerda en que tengo el carácter de un personaje molieresco.

Explotaron en una alegre carcajada y olvidando el pasado cada uno continuó su camino. Gerardo volvió su cabeza para mirarlo alejarse y murmuró:

—Tendrás el personaje, Juan Ángel.

Levantó la mirada y las montañas que rodean Bogotá le recordaron aquellas que rodean Clermont-Ferrand, ciudad donde El Arquero actuara por última vez con el grupo.

Desde que se acercaron a la ciudad los envolvió un clima extraño. Viajaron durante toda la noche cruzando montañas encontrándose en una curva en Chile y en la siguiente en Francia; si hasta en el desayuno se encontraron a caballo entre los dos países pidiendo moros y cristianos, huevos fritos acompañados de croissants, un café negro y una copita de aguardiente, al igual que los arrieros que contrabandean en los Andes.

Esa noche El Arquero terminó la obra diciendo su texto en medio de un silencio electrizante, nunca antes había entregado tanto de sí mismo, respetado aquello tan difícil de respetar por un actor latinoamericano, los silencios. Hizo gritar las ausencias de texto hablado, una corriente atravesaba su cuerpo; si por momentos parecía que se le iba la vida y que al salir de su cuerpo envolvía la sala.

Gerardo, que siempre permanecía en un rincón tras las cortinas observando el desarrollo de las obras se estremeció, sus ojos se encontraron con los de El Arquero los que mirándolo por su espalda, por sus brazos, lo fijaban.

Al terminar se dobló sobre una mesa mientras María de las Mercedes se desmaquillaba frente al público para enseguida dar vuelta sobre sí misma, entrar en la pirámide y en el último instante en que el público la ve, levantar el brazo y dar la orden de apagar las luces y lanzar la música de fin de espectáculo.

En los camerinos no pronunció una palabra, se desmaquilló, dobló su vestuario, por primera vez, no miró por el rabillo del ojo cambiarse a Dalibá y en la infaltable fiesta de la noche bebió una botella de whisky antes de abrir la boca y decir en un francés impecable:

—Solamente mis raíces biológicas están en Chile, rompo con ustedes, soy francés.

Y en esa voz ronca de alcohol y emoción había un pequeño acento, no de lengua, sino de deseo; parecido al de algunos estudiantes árabes que llegan a París en busca de sus antepasados galos, como se lo repitiera hasta convencerlos el profesor de historia en una perdida aldea del interior del desierto.

Se produjo un silencio tal que se escuchaba el ruido producido por la sangre al interior de las venas corriendo más o menos rápido de acuerdo al efecto producido por el anuncio, silencio roto un siglo más tarde por un coro de glups cuando lograron tragar el sorbo de vino o el trozo de galleta que se les había trancado en la garganta.

Las miradas convergieron lentamente sobre Gerardo el que estaba pensando en el extraño poder que tiene el teatro de abrir, de descubrir las conciencias y que volviendo a la realidad miró a El Arquero y le dijo:

—Suerte viejo; pero ten cuidado de no equivocarte al pedir un queso y el vino que lo acompaña. A nosotros nos lo perdonan, tú acabas de renunciar a ese derecho.

La única francesa que presenció la escena, Marie, la directora del teatro municipal, con humor latino le preguntó a Dalibá en una voz lo suficientemente baja como para que la oyera todo el mundo:

—¿El señor es suizo?

Chipi, el actor peruano, lo miró con tristeza, archivó para siempre su amor por él y suspirando añadió:

—Estás muerto.

A partir de ese día todo el mundo lo llama "el finado".

El avión hizo un ocho, cayó varios cientos de metros al atravesar la línea que separa los dos hemisferios, aquella que durante siglos se ha cruzado hacia arriba. Primero como materia prima, luego por los cambios políticos producidos, como mano de obra o exiliados lo que al fin y al cabo es materia prima.

Al igual que el cobre, estaño, petróleo, madera y coca es elaborada, consumida y solamente en una pequeña proporción devuelta a sus países de origen cuando ya no responden a las normas de seguridad del hemisferio norte, o son incomibles, o simplemente ya no son presentables.

Ante el temor al vacío, su memoria saltó hacia atrás y se encontró frente a un vaso de vino tinto en un café parisino observando con amor a Alejandra, una gran dama de las escenas chilenas.

—Gerardo, la crítica me consideró la mejor actriz en el año, en el año . . . bueno en el mejor año de la crítica en Chile.

Sus ojos tomaron color pasado y continuó: —tenían razón, jamás otra Julieta hizo vibrar igual que la mía el corazón de su Romeo, jamás otro Romeo pudo mirarse con tanto amor en los ojos de Julieta.

Nunca otra Ofelia mostró mejor ese frágil momento de ruptura entre conciencia y locura, nunca otra Ofelia levantó el velo descubriendo frente a su público los extraños mecanismos del amor y la conciencia.

De teatro en teatro, de año en año fue pasando de joven enamorada a esposa, de esposa a madre, de madre a madrastra.

De bar en bar volaba de personaje en personaje, de botella en botella recreaba cada uno de sus estrenos, de marca de vino en marca de vino cambiaba de vestuario y en el momento de los aplausos, de abandonar la escena, como una reina ofrecía pagar todo el consumo. Frente al rechazo levantaba su blanca mano y su voz atravesaba la sala para ordenar sin apelación:

—Camarero, el coñac es para mí, pero uno solo. Para el caballero.

Luego de lo cual se dirigía tambaleando al departamento donde nunca exiliado alguno pudo entrar y en el cual, sin embargo, todas las noches se escuchaban voces, risas, canciones o gemidos.

Al llegar abría un viejo armario de madera de donde sacaba un mantel blanco de encajes que extendía sobre la mesa. Ponía un florero de cristal en el que a las once en punto colocaba la rosa que le traía su invitado de esa noche.

Con amor preparaba dos puestos, uno que daba a la ventana, el que veían los vecinos, donde ella se sentaba, el otro, el que nunca nadie vio, escondido tras las cortinas, lo reservaba a sus invitados.

Compraba dos botellas del mejor vino que le permitía su escaso salario de secretaria del Partido, dejaba el departamento en penumbra y revivía.

Por allí pasaron sus galanes o directores de antaño: don Pedro, Domingo, Rubén; sus amantes de juventud o de mujer madura. Con cada uno recordaba sus personajes, a coro recitaban los parlamentos, discutían de una próxima obra, aceptaba nuevos primeros roles —no sin antes rechazarlos por coquetería de actriz solicitada—, se dejaba dirigir, escuchaba los aplausos atronadores de su público, disimuladamente cambiaba la copa del invitado, siempre llena, por la suya siempre vacía hasta que el cansancio y el alcohol la adormecían, momento en que el invitado de la noche muerto años atrás o viviendo en lejanas tierras se desvanecía al mismo ritmo que la rosa que Alejandra encargaba cada día en la floristería de la esquina se marchitaba.

Mientras ella continuaba deslizándose por el corredor de sus sueños, Gerardo se aventuró por el corredor ventosa que doce años antes salió de un edificio para aspirarlos del avión, como si temiera que algunos de esos especímenes intentara escaparse.

Para mayor seguridad, y en beneficio de la ciencia, los habían filmado desde el momento en que pasaron la última barrera de milicos y subieron al avión con su extraordinaria colección de cabezas de arco iris donde predominaba el amarillo que en algunos se tornaba verdoso y en otros, por pudor, los colores se ausentaron y las frentes, ojos, pómulos y semilleros estaban completamente negros.

Temeroso, avanzó por el corredor, se preguntó cómo encontraría al París que había visitado cinco años antes, se estremeció de miedo y agradeció mentalmente al que selecciona a los más doctos para realizar los interrogatorios ya que en ningún momento lograron restarle cinco al año del golpe y establecer así una nueva y absurda pista (por lo absurda más peligrosa) en el amable diálogo al que fue invitado por los militares.

Agradeció al piloto francés que se negó a despegar mientras no subiera al avión el grupo de refugiados que esperaba (y esperó cuatro horas) todos extranjeros que vivían en Chile (o el asilo contra la opresión, dice el estribillo del himno nacional chileno) todos menos uno que intentaba desaparecer en medio de ellos.

Uno que maldijo al médico argentino que en el momento en que fueron rodeados por los milicos a la salida del refugio internacional donde estaban, sabiéndose protegido por los funcionarios de Naciones Unidas que los acompañaban, comenzó a gritar:

—¡Pero che! ¡Qué atropeeeello a la dignidad! ¡Somos ciudadanos del mundo! ¡Arriba los pobres del muuundo...!

Y que gracias a la patada en los cocos que recibió, no de los milicos sino de su esposa, terminó como vidalita de los Andes. ¡Ay, ay, ay, aaaayyyyy!

Uno, que casi se transformó en asesino y al que entre cinco tuvieron que quitarle de las manos a los tres brasileños que quería arrojar al vacío.

Tres, entre los cuales, una preciosa mulata, a los que Gerardo se acercó amistosamente para pedirles excusas, para explicarles que el pueblo chileno es amable y acogedor, que las bestias que se tomaron el poder no representan a nadie que no sea a ellos mismos, el dinero o sus patrones, que cuánto sentía que ellos que llegaron a Chile en busca de paz y amistad fueran tratados así, hubieran visto tanta atrocidad y fueran obligados a dejar el continente.

Uno, que perdió su pacifismo cuando ella, con una sonrisa angelical le dijo:

—No te preocupes. La verdad es que es maravilloso. Nosotros vinimos en viaje de fin de estudios a Chile y nos agarró el golpe. En el momento de salir, alguien nos pasó el dato de que Naciones Unidas, la Iglesia, la Cruz Roja Internacional estaban sacando gratis a la gente a Europa. De otra forma nunca hubiéramos podido hacer el viaje. ¡Te imaginas, Europa!

Durante un instante Gerardo vio desfilar ante sus ojos al brasileño que los militares dejaron casi muerto en la cárcel de Rancagua luego de dos días de interrogatorio, al ecuatoriano que pese a su buen humor no podía reírse por lo que le habían quebrado las costillas, a los tres chilenos escondidos en el refugio de Padre Hurtado donde se encontraban sus esposas, extranjeras recuperadas de diferentes cárceles por Naciones Unidas. Pensó en su gente, en los 2.999 de la cárcel de su ciudad y la agarró del cogote.

Con el pasar del tiempo se calmó y comprendió que no vale la pena andar ahorcando tanto amigo que vino en esta nueva conquista y que incluso años más tarde se corre el riesgo de tener que autoahorcarse.

Sus narices se dilataron, sus oídos se agudizaron, su cuerpo se tensó, su cerebro se puso en estado de alerta, los semilleros se recogieron y dio el paso que lo sacó del túnel.

Las luces lo cegaron e instintivamente buscó un rincón donde protegerse, automáticamente cruzó los brazos en la espalda, entró el estómago y separó las piernas mientras intentaba inútilmente controlar el temblor de sus rodillas para mantener su dignidad de hombre tal como se lee en los libros de historia patria. Poco a poco las siluetas se transformaron en sonrisas, se dio cuenta de que las cabezas estaban descubiertas, que hablaban con voz amiga, sus rodillas pararon, se prometió enseñarles a leer para que nunca más lo dejaran en ridículo y al fin respiró.

La gente que esperaba en el hall y luego en el parking, temiendo que sacaran a los chilenos por otra puerta, se cansó de esperar, botaron los carteles de bienvenida y tomaron el bus para alcanzar el último metro, el de los borrachos, los amantes y los poetas.

El bus que llevaba a los refugiados a París giró en el parking desierto pisando los carteles y si Gerardo no hubiera bajado la guardia habría sentido el momento en que las dos ruedas delanteras pisaron un cartel en el que se leía: Bienvenido, Gerardo. Nos envía tu hermano Juan. A modo de firma había pintada una bandera chilena.

Por primera vez tomó la autopista del norte y entró a París en dirección del foyer de la rue de Trévise en cuya puerta se leía U.P.

El conjunto de los refugiados se recogió bajo la placa y guardamos respetuosamente un minuto de silencio para enseguida entonar "El pueblo unido".

Ni el señor Cavaletto, director del foyer ni los representantes de France Terre d'Asile ni de los partidos de izquierda franceses se atrevieron a decirnos que la placa no tenía nada que ver con la Unidad Popular sino que significaba Unión de París, nombre de ese foyer cristiano. Solidarios, y para no humillarnos, guardaron con nosotros el minuto de silencio, entonaron el himno y entraron marchando con el puño en alto al foyer.

Cavaletto nos recibió y por deferencia hizo un discurso en italiano. Por deferencia el más viejo entre ellos, un indio boliviano, le contestó en aimara. Nadie entendió nada y todos pasamos felices al comedor donde devoramos un coq au vin del que todos quisimos cambiar la receta.

Para unos le faltaba piña, otros querían cambiar las papas que lo acompañaban por chuño, Gerardo pensó en los porotos con riendas, el sureño, en añadirle choritos y el indio se reía como loco al contemplar ese pan largo que había sobre la mesa e imaginarse las arepas con esa forma.

Toda la noche las puertas se abrieron y cerraron dejando pasar a los refugiados que buscaban desesperados los baños. Ruido que por discreto que fuera aterrorizaba a Gerardo, todo lo cual y pese al cansancio que tenía lo hizo dormir mal, despertándose cada tanto gritando y transpirando frío.

María de las Mercedes, con una paciencia de santo, lo calmaba y permanecía horas cantando canciones de su continente hasta que nuevamente se dormía.

A las seis de la mañana abandonaron el foyer al mismo tiempo que Rogelio, un obrero chileno que tuvo que asilarse más en razón de su nombre que por motivos políticos y al que alguien contó en la embajada que en París había un río igualito al Mapocho y que salía dispuesto a encontrarlo como fuera.

Con María de las Mercedes recorrieron las calles de París descubriendo sus rincones, plazoletas, los vestigios del mercado donde aún flotaba el aroma de sopa de cebolla y de choritos con crema y vino, los pasajes obligados por las grandes tiendas para acortar camino, pero que sobre todo servían para evitar el frío que se filtraba junto a la nieve por sus viejos zapatos agujereados.

Al segundo día se perdieron en el Louvre, escucharon a sus nuevos guías que les hablaban de la suerte que tenían de estar en

París, y ambos, con ese acuerdo al que se llega solamente tras largos años de matrimonio o siendo cómplices de cárcel se miraron y gritaron ¡mierda! antes de salir corriendo para perderse nuevamente en las calles, solos, pensando en los suyos, espantados al comprobar que esa mañana habían sacado un segundo par de calcetines de la maleta. Que ya se estaban instalando.

En la noche lograron ubicar la rue de Trévise. En la esquina de la U.P. encontraron a Rogelio sentado en la cuneta, la cabeza agarrada con las dos manos y repitiendo sin parar:

—Lo encontré. Pero na'que ver con el Mapocho. Chuchas, si es mucho más grande. Na' que ver con mi Mapochito.

Y viéndolos continuó:

—Te imaginai, si el Mapocho juera así la media cagaíta que dejaría cuando se sale en el invierno. Chuchas, si no quedaría na'e la población. Si hasta barcos andan en el río, unos barcos inmensos llenos de gente. Se los juro por el Rogelio chico que no es mentira.

Lo encontré esta mañana cerca de una iglesia macanuda, con dos torres, con tres puertas, pero no cuadradas sino que terminadas en punta, en el techo unos vampiros inmóviles que mean a la gallá abajo y ahí de soslayo estaba el puta madre.

Si se me caían los mocos cuando lo vi y pensé en el Mapocho y en la población. Pa'más recacha en ese momento pasó un barco y alguien me tomó una foto, toítos me miraban y señalaban pa'mi lao. ¡Segurito que eran chilenos! Y ahí me pasé too el día saludando a los compatriotas.

Si no hubiera sido por el hambre y por lo que la Meche podía pensar que me había ido donde las niñas no vuelvo.

Extraño foyer el del 14 de la rue de Trévise donde había gente-gente, gente humana, seres maravillosos junto a todo tipo de aventureros que aprovecharon el golpe para viajar a ese nuevo El Dorado que se llama Europa.

La pieza de Gerardo quedaba en el primer piso entre la de Cristina, una periodista boliviana y la de Julito, un indio paraguayo.

Cristina, que todas las noches se transformaba, abandonaba la pluma, paraba de escribir la historia de su segundo exilio y más por necesidad de amor que de dinero salía en busca de clientes.

Transformación que se completaba en el momento en que su sonrisa se fijaba, en que sus ojos se humedecían cambiando el color de soledad por el de llamado de auxilio y daba vuelta a la llave de su cuarto dejando encerrada a su pequeña hija.

Clitemnestra, verdadera muñeca que Gerardo conociera cuatro años antes cuando, hija de un importante miembro del gobierno del general J.J. Torres, era la niña más mimada y mejor vestida de La Paz.

El golpe de Bolivia, luego el de Chile, sumados al comienzo del exilio europeo le dejaron unos vestidos viejos, regalados, enormes para su pequeño cuerpo, y su cabeza llena de piojos.

Ella, que era la primera en levantarse para escapar de su prisión parisina cuando su madre entraba en la mañana, e ir a sentarse en los peldaños de la vieja escala de madera que conducía al comedor.

En su mano apretaba un tiquete que le daba derecho a desayunar y esperaba el paso de un tío o una tía que la condujera al comedor y le llevara a su mesa la bandeja con un tazón de chocolate y un pan.

Ella, que exigía, eso sí, que antes le pasaran un paño húmedo por la cara borrando así las huellas de las lágrimas de la noche anterior.

Bella y digna bolivianita.

Sollozos nocturnos, sollozos de niña que en la memoria de Gerardo se confundieron con otros, los de un amigo dirigente sindical minero al que los milicos aislaron en otra ala de la cárcel y cuyos sollozos atravesaron una noche, tres meses más tarde, el patio, los barrotes y retumbaron en los muros y corazones de los presos.

Ante la imposibilidad de comunicarse con él de otra manera, los tres mil presos juntaron primero una vez las palmas de las manos, luego dos, tres veces hasta que terminaron en un sonoro aplauso que regresó por entre los barrotes a abrazar al amigo.

Sollozos de minero que se desvanecieron punteados por el sonido de dos canciones en guaraní, único tesoro junto al título de "Hijo del preso político más antiguo del continente" que poseía Julito y que ingenuamente pensaba nadie podría robarle.

Él, a quien los compañeros de su padre arrancaron del campo cuando aún era un niño, le compraron su primer par de zapatos, un terno, le pusieron una carta en la mano y lo enviaron a la Unión Soviética vía México.

Niño campesino que aprendió mejor el ruso que el castellano, que conservó celosamente el guaraní y que apenas podía, intentaba regresar a la selva de su país, a su querida Asunción de la que en realidad hasta su recuerdo era prestado ya que fijó para siempre su imagen a partir de una fotografía del calendario que Stroessner repartió por miles en 1954 para celebrar su llegada al poder y en el cual habían envuelto sus zapatos.

Julito, al que el vodka hizo perder su sexto sentido indígena y que cada vez que intentó regresar cayó en manos de una u otra policía política de América Latina la que luego de torturarlo lo expulsaba una vez más del continente.

Doctor honoris causa que en las constructivas conversaciones sobre la tortura decía medio en serio medio en broma: —pero papá, qué mejor universidad que la mía. Véndenme los ojos y les reconozco el país y el servicio de seguridad a que pertenece el que me interroga.

Estudio que probó cuando descubrió a Almagro, pintor argentino, falso refugiado que, borracho, una noche lo agarró a la salida de la ducha y lo golpeó hasta dejarlo inconsciente. Pintor de acuarelas corporales en el que Julito reconoció esa forma tan especial que tienen los militares argentinos de golpear desde abajo y torcer el puño cuando van a reventar el hígado.

Julito, el pretencioso que en una de sus noches de eterno deambular por París (y un buen preso se reconoce por lo que le es imposible quedarse quieto y por esa necesidad interior de caminar y caminar sin rumbo fijo) conoció a Rosita, una españolita hija, nieta o tataranieta de un republicano a la que de su tierra le quedaron su sonrisa de diosa, un acento de paella y su simpatía por un paraguayo.

Julito, el de las encías desnudas que a partir de ese momento, jodió y jodió para que le consiguieran un dentista que, gratis, le pusiera dientes. Tanto insistió, era tan grande su amor que todos se pusieron en campaña hasta que consiguieron uno y María de las Mercedes lo acompañó para ayudarle a escoger la más seductora de las sonrisas.

Junto al dentista buscaban los matices de plástico blanco que mejor combinaran con la piel oscura de Julio cuando éste los interrumpió en una mezcla de ruso, guaraní y castellano para pedirle a María de las Mercedes que le dijera al dentista que no se preocupara, que el trabajo no era caro.

—Dile que tengo todos mis dientes mamá, que por favor haga el trabajo, que los tengo todos.

Ella lo calmó, calmó al francés explicándole que los últimos militares que detuvieron a Julito le dieron más duro de lo que él estaba acostumbrado, que tenía delante a un hombre bueno y no a un loco peligroso.

En ese preciso momento cuando finalizaba loco peligroso, Julito lanzó un grito de triunfo que remeció los cimientos del edificio, al dentista, a María de las Mercedes, a la secretaria y que espantó a los clientes que esperaban en la sala.

Grito que solamente se había escuchado en el corazón de la selva amazónica, grito de victoria de Julito cuando encontró al interior de una faja que rodeaba su cintura lo que buscaba: una caja de fósforos que contenía una bolsita plástica que vació sobre el escritorio y de la que cayeron un montón de dientes.

No, no estaba loco. Durante la última sesión con los militares chilenos se las ingenió para, cada vez que le volaban un diente, agacharse, recogerlo y guardarlo.

Así fue como Julito Rojas, hijo del preso político más antiguo del continente pudo sonreír con todos sus dientes a Rosita antes de abandonar París con rumbo desconocido.

El avión entró al continente por uno de los extremos de esa

inmensa selva verde que lo atraviesa en la que Gerardo creyó distinguir corriendo a alguien que se despojaba de los zapatos, terno, corbata, guardando solamente un sombrerito a lo Nat King Cole en cuyo interior había una foto de una bella mujer con la cabeza cubierta por una mantilla y una flor roja en el pelo.

Alguien que lanzó un grito de victoria y que evitando las emboscadas del ejército, las emboscadas de la guerrilla, las emboscadas de los narcotraficantes y, las más peligrosas, las de los recuerdos corría en dirección de Asunción.

De los foyers se dispersaron cual polen arrastrado por la tormenta. Algunos se quedaron en París, la mayoría llegó a los barrios periféricos donde manos solidarias les permitieron echar raíces. A otros el viento los llevó hasta las más lejanas regiones de Francia, los más afortunados bajaron llamados por el olor de la lavanda, las especias, los mariscos y un acento condimentado con una punta de ajo.

De estos foyers ubicados en la rue de Trévise, Bobigny, Villejuif, Fontenay, Nanterre salieron después de dos, tres y hasta nueve meses de vida colectiva cientos, miles de refugiados enriquecidos por los primeros apátridas nacidos en el exilio.

Salieron matrimonios sólidos y matrimonios frágiles, algunos se desgarraron al primer segundo en que solos enfrentaron sus miradas. Los que estuvieron en la cárcel se interrogaron con la mirada —¿Qué contaste sobre mí?—, y aterrados cerraron los ojos no atreviendo a mirarse nunca más, otros se arrastraron y se arrastran, los menos se consolidaron.

Los que sobrevivieron aprendieron a esconder las torturas mutuas, a guardar las apariencias escondiendo los moretones, los efectos del alcohol, las heridas que nunca cicatrizan de frases lanzadas al viento sin pensar y que como éste jamás se pueden recoger.

Fue la época en que los más deliciosos escándalos remecieron el exilio: fulanito se fue con zutanita, zutanita se acuesta con periquito, periquito compró un departamento. Y los largos días del invierno parisino se llenaban alrededor de una taza de té acompañada de sopaipillas sazonadas con las últimas noticias del *tout Paris* del exilio hasta el día en que El Gran Escándalo explotó.

Ese día todos los hombres tosieron varonilmente, ese día esta nueva generación de *Latin Lovers* que destruyó el mito de la virilidad negra puso cara de dignidad ofendida cuando se supo y confirmó que una mujer chilena abandonó su semental para irse a vivir con un francesito veinte años menor que ella. Ese día en que además, con insolencia y evidente mala fe, paró en seco a la delegación de consejeros y consejeras, guardianes de la moral latinoamericana declarando: —en Europa los chilenos se transformaron en Ayatollahs cual si los mantuvieran a un régimen de porotos con piedra pome como le dan a los milicos en Chile para mantenerlos sexualmente pasivos y las mujeres nos transformamos en Cármenes como si nos hubieran quitado el mismo régimen impuesto por años. Por eso los matrimonios saltan en pedazos.

Un frío mortal recorrió el exilio.

La única que no sufrió transformación alguna fue una bailarina bíblica, flaca, de piernas chuecas, fea como el diablo que desde el comienzo declaró riendo a quien quisiera oírla: —vengo dispuesta a aprender a nadar para tirarme hasta a los patos europeos.

Y cumplió su promesa transformándose en la chilena más feliz del exilio; no solamente se tiró a los patos europeos, se tiró cuanto pato o cosa parecida se le puso en el camino. Loca como es, exploró todas las posibilidades la última de las cuales consistía en entrar a una estación de metro, concentrarse cuando la rama se acercaba, entreabrir las piernas cerrándolas luego suavemente murmurando bajito:

—No, sería una locura.

Fue el único momento en que el exilio apareció unido, aunque el daño era irreparable. Todo el mundo comenzó secretamente a interrogarse.

Los varones, refugiados o no, enviaron un representante a Cuba para averiguar el porqué las cubanas los llamaban "los mimes". A su regreso, rojo, sin decir una palabra, el enviado alargó un papel en que se leía: mime, bicho que molesta pero no pica.

Y hasta ahí llegó la aparente unidad. El exilio explotó.

Decidieron refugiarse en la primera división, aquella que los separó en dos grandes sectores: los optimistas y sus contrarios.

Los primeros afirmaban que la dictadura caería en el curso del año e invocaban como argumentos a su favor la tradición de lucha del pueblo chileno, la organización de su clase obrera, la próxima visita del Papa al continente, las profecías de Nostradamus, el horóscopo del día, el sabor de los tomates.

Cuando alguien insistía en discutir, pese a estos argumentos, respondían simplemente: "Pinochet es un hijo de puta. Nuestro pueblo jamás se dejará gobernar por un hijo de puta y punto".

Muchos años más tarde publicaron un afiche que resumía estos y nuevos argumentos y le colocaron por título: "Hagamos de este... el último año de la dictadura". Al llevarlo a la imprenta el artista, deseando pasar a la posteridad, hábilmente le quitó el año. Y su obra continúa reimprimiéndose.

El otro sector utilizaba los mismos argumentos pero al revés: los amos de Pinochet no pueden dejarlo caer por la tradición de lucha..., por su organización..., las profecías..., el sabor... y finalmente recuerden que fueron ellos los primeros que declararon: "Pinochet es un hijo de puta, pero es nuestro hijo de puta". Y si no lo dijeron de él sino de otro simio, al menos lo pensaron.

Argumentos a los que añadían un toque de realismo y hablaban de dos o tres años de dictadura.

En los dos grupos había grupúsculos extremistas: en el primero afirmaban que el general Prats continuaba marchando desde el sur a la cabeza de un sector leal del ejército y que por lo tanto el conjunto del exilio debía comenzar a hacer gimnasia para estar físicamente preparado a enfrentar las inminentes próximas batallas. En el segundo se hablaba de la cercana España y se sostenía que el conjunto del exilio debía comenzar a usar boina y aprender a pronunciar las eses al hablar.

Gerardo se estremeció sacudido por un mal presentimiento y se dirigió a la cabina del piloto para saber dónde se encontraban.

De ahí alcanzó a ver cómo entraban de lleno en una nube en forma de hoguera, nube cuya derecha dibujaba los platillos de una balanza y cuya izquierda, los montes de unos senos juveniles atravesados por una metralleta. Frágiles imágenes que desaparecieron en las llamas mientras el avión sobrevolaba Bogotá.

Miles de metros más abajo, Augusto Martínez Rincón tomaba su segunda taza de café en la mañana antes de ir a limpiar su camión Ford del año 61 para dirigirse enseguida, como en un rito, al cruce de la carrera 68 con la calle 68 a la espera de su primer cliente.

En otro barrio de la capital, en un teatro al aire libre ubicado en la falda de una colina, una muchacha vestida de blusa roja y falda oscura temblaba de frío sin osar ponerse un suéter en el que envolvía un mapa de Bogotá.

Por el escenario apareció un muchacho trigueño, bajo, vestido de pantalón marrón, botas de gamuza con suela de goma, un pañuelo al cuello.

Al llegar al centro del escenario miró en dirección de la muchacha y su voz retumbó en las gradas vacías.

*En el ruido de las olas*

*sonó la fusilería,*

*y muerto quedó en la arena,*

*sangrando por tres heridas,*

*el valiente caballero,*

*con toda su compañía.*

*La muerte, con ser la muerte,*

*no deshojó su sonrisa.*

Ella se levantó y mientras se ponía el suéter le respondió:

*¡Morir! ¡Qué largo sueño sin ensueños ni sombras!*

*Pedro, quiero morir por lo que tú no mueres,*

*por el puro ideal que iluminó tus ojos:*

*¡¡Libertad!!*

*Porque nunca se apague tu alta lumbre me ofrezco toda entera.*

*¡Arriba, corazón!*

Cerca de ahí el Presidente de la República, Belisario Betancur se dirigió a la ventana de su departamento y al mirar distraídamente hacia la calle su mirada se topó con la de su amigo Rafael Uribe, el que fuertemente custodiado se dirigía a su oficina ubicada en un edificio frente a la Plaza de Bolívar.

En el norte de la ciudad el comandante en jefe del ejército saludaba mecánicamente a su chofer, José María Chingaté, sin sospechar que meses más tarde éste le salvaría la vida permitiéndole así ejecutar a Uribe.

En el cielo, Gerardo se dirigió al baño y orinó abundantemente. Al terminar, un escalofrío de placer recorrió su columna vertebral, placer similar al que le producía el dejarse adormecer por las discusiones del exilio mientras bebía a sorbitos un vaso de Armañac.

La primera, aquella que opuso a optimistas y pesimistas fue matizada por la discusión menor y casi siempre evitada sobre las responsabilidades en lo que había pasado, discusión menor que se eternizó al prolongarse al análisis de la situación actual.

Los autocríticos asumieron su responsabilidad y le echaron y le echan la culpa a los otros partidos. Los no-autocríticos no la asumieron y le echaron y le echan la culpa a los factores externos (que suena más justo y complicado que decir "los gringos").

En los dos campos estaban los profetas, los detentores de la verdad siempre unitarios y que con modestia hablan de aceptar a su alrededor algunos satélites atraídos por la clarividencia de su fórmula mágica para poner fin a la dictadura y construir el bello porvenir, satélites que tienen el derecho inalienable de aceptar el dogma y cerrar la boca.

Discusiones que con la llegada masiva de exiliados se enriqueció con aquella que fijaba las reglas que permitirían establecer las "categorías".

Reglas inflexibles que acordaban puntos de acuerdo al nombre del campo de concentración en que se había estado, al tipo de cárcel y la región de Chile en que estaba situada, de acuerdo al servicio de inteligencia que lo detuvo, al centro en que había sido guardado en secreto, al tipo de torturas que le fueron infligidas e incluso se llegó a otorgar puntos en caso de empate, de acuerdo al tipo de corriente utilizada.

Años más tarde se añadió a la microscopía la revisión de los zapatos para saber si estaban gastados de tanto caminar buscando inútilmente un empleo en Chile y descubrir así a los que pertenecían a la nueva sub-categoría de los refugiados económicos, también llamados los tremebundistas ya que generalmente son los que cuentan las historias más sangrientas.

A fines de la década un partido, falto de militantes, descubrió la papa: ofreció blanquearlos, declarar frente a las autoridades que sí, que son del paseo, a cambio de su militancia. Y esta nueva campaña de reclutamiento con asilo lo hizo transformarse en la primera fuerza del exilio y le ganó el odio de los Testigos de Jehová que por su parte ofrecían residencia a cambio de que los desgraciados candidatos se casaran con las más desafortunadas de sus miembros y que se quedaron sin candidatos ya que al ver las novias los económicos prefirieron militar.

Puntos que ubicaron a los refugiados en categorías de lujo como los de Chacabuco, los de la calle Londres, los de Tres Álamos, los expulsados.

Mucho más atrás seguían los asilados en embajadas, y cerraban la clasificación precedidos de los homosexuales y lesbianas declarados o que se les nota, aquellos que para desgracia de sus descendientes durante las próximas diez generaciones se encontraban en el exterior en el momento del golpe.

Seres desgraciados a los que apenas abrían la boca e intentaban participar en una discusión se les cerraba el pico con un:

—¡Hombre... si hubieras visto... pero cierto, tú no estabas allá!

Los dirigentes asumieron naturalmente sus puestos. Al no haber elecciones que permitieran repartir proporcionalmente los puestos hubo que pedirle a cada uno que hiciera un discurso lo que junto a los chismes tuvo la virtud de hacer pasar el tiempo.

De acuerdo al lugar que los candidatos querían ocupar en el ceremonial de la misa, cual más cual menos invocaba fantasmagóricas masas que por cientos, miles, cientos de miles, miles de miles o mejor dicho millones aclamaban su nombre en la lejana patria.

Los delirantes quisieron contribuir a la ópera y solicitaron se incluyera en la partitura la clasificación de los partidos, movimientos, agrupaciones, fracciones, frentes, grupos y grupúsculos en más o menos revolucionarios de acuerdo al número de víctimas que tuvieron durante y desde el golpe.

Resolución que abría nuevas e insospechadas posibidades de discusión por lo cual fue aceptada por unanimidad desencadenando una revisión febril de las listas de muertos y desaparecidos a fin de escalar posiciones y obtener el título más codiciado: el de vanguardia. Título que una vez obtenido da derecho a escoger las principales avenidas, calles, plazas y mercados para rebautizarlos con el nombre de uno de los suyos.

Delicada tarea que cada uno de los competidores encargó a

los conversos, los que frente a la necesidad de probar su buena fe se transformaron en los mejores guardianes del tesoro, en los más despiadados ejecutores de sentencias, en los más implacables comisarios. Son ellos los que más fuerte gritan ¡Aleluya! para mostrar al mundo que sí, que ellos creen más que ninguno y tocan la campanilla tilín, tilín; tilín, tilín.

Cuenta la leyenda que a cada cambio de siglo las nuevas generaciones cansadas de leer placas con tanto nombre desconocido las arrancan y botan a la basura reemplazándolas por otras con el nombre de algún cantante de moda.

—Caldillo de congrio —se dijo Gerardo sin saber bien si iba o venía intentando diferenciar los dos últimos caldillos de su vida: el de Chile devorado en Valparaíso mirando al mar y el de París con sabor a nostalgia y amistad preparado por Charles el día de su cumpleaños.

Cerró los ojos y sus labios no pudieron contener un grito de dolor.

Doce años de exilio y poco más de veinticuatro horas en avión le habían hinchado los pies que inútilmente intentaban escapar de los zapatos.

Los dedos comenzaron a palpitar desordenadamente al igual que los músculos de su cuerpo se contraían escapando a todo control cuando los milicos lo confundieron con una ampolleta.

El avión sobrevolaba Cali en plena tierra caliente colombiana, graciosa forma que tienen los autóctonos de llamar algunas regiones de su país, ya que en realidad de un tiempo a esta parte la temperatura ambiente es caliente, muy, pero muy caliente en todas partes.

Gerardo se detuvo en la esquina de una callejuela protegiéndose del sol bajo el alero de una blanca casa colonial, agobiado por el calor y sobre todo por lo que al no tener zapatos se vio obligado a usar unos pesados zapatos de seguridad forrados en gamuza. Gesto que fue considerado una extravagancia por los amigos de teatro de la región y que lo atribuyeron a su larga permanencia en Europa.

Hasta hoy nadie supo que al interior de los famosos zapatos se encontraba un armazón de acero destinada a proteger los dedos, pero que en Cali bajo un sol ardiente con 40 grados a la sombra los transformaba en tacos mexicanos.

Los rayos del sol golpeaban el pavimento y al reflectarse creaban una zona nebulosa e irreal en medio de la cual lo vio aparecer por primera vez. Su cabeza ovalada, demasiado grande para su cuerpo, sus piernas chuecas, calzando unas viejas alpargatas que Gerardo miró con envidia, un arrugado papel en la mano, sus ojos entrecerrados mirando los zapatos en busca de aquellos de gamuza amarillos, el último grito de la moda en París según le dijeron.

Sintiéndose observado adoptó una pose teatralmente descuidada mirando señorialmente desde la bajura.

—Gerardo —dijo con un bellísimo acento del interior de Castilla (más adelante descubrieron que era más bien del interior del departamento de Antioquia), —este papel dice y prueba que soy un hombre de teatro.

Al desplegarlo sus ojos casi se le salen de la cara cuando se dio cuenta de que se habían olvidado de firmarlo.

Por primera vez Gerardo tomó conciencia de lo profundo del cambio que se había operado en su continente y se preguntó quién se habría atribuido ese poder en Colombia.

Poder que permitía, luego de un taller de una semana, otorgar el título de hacedor de sueños.

El Enano intentaba en vano descifrar la reacción que había

producido su famosa carta prometiéndose hacerla firmar apenas encontrara a la responsable del olvido y disimulando añadió:

—Tú sabes, acá en Colombia la firma es lo de menos, lo que realmente importa es... es... es sentirse protegido por un organismo, hacer figura de caballero solo es muy peligroso.

Los zapatos le apretaron los callos y Gerardo intuyó que había peligro. Fue mucho más tarde cuando reconoció a los que firmaban que entendió que el peligro no eran las cartas, que residía en el intento de controlar los sueños, de controlar el acceso al público al que estaban destinados, de formarlo para soñar en una sola dirección, de sentirse los poseedores del poder absoluto que permite decidir de lo "bueno" y de lo "malo", de descalificar de una plumada y entregar la receta para fabricar "el gran sueño nacional".

Diecinueve años antes todo había comenzado de la forma la más democrática como una protesta frente a un intento de censura, disfrazado como todo intento de este tipo. Censura que golpeaba en dos direcciones: a un grupo y al conjunto del movimiento teatral; a los primeros destituyendo a su director del puesto que ocupaba en la universidad y a los segundos a través de un impuesto y normas de seguridad en las salas que eran imposibles de aplicar.

Normas tanto más injustas cuando en el país se autoriza a vender incluso edificios de departamentos a los que por olvido y economía no se les hicieron cimientos, siempre y cuando se le vendan a los sectores más modestos de la población, a los sectores marginales y se haya pagado lo necesario a quien es necesario que en general es la misma oficina de gobierno que hace pública la denuncia para así hacer subir el costo de lo necesario.

Hombres y mujeres de teatro amantes de la libertad crearon un organismo para defenderse y si se dieron una dirección y estatutos fue para impedirse caer en la tentación de transformarse en una Santa Inquisición.

Con el pasar de los años una dirección se eternizó creando un inteligente sistema de pre-congresos que impedían (por falta de fondos al absorber los fondos) la realización de un congreso y nuevas elecciones.

Tentación y gusto de poder escondidos tras un comité de sabios que fue entregando directivas cada vez más estrechas, cerrando los caminos de la discusión, fijando las leyes, decidiendo por los otros en nombre de los otros llegando a dar a conocer decisiones antes de consultarlos horas más tarde en un simulacro de democracia. Simulacro tanto por lo tarde de la consulta y por lo que su resultado no cambiaría en nada la resolución, como por lo que se manipula ocultando o tergiversando una parte de la información que se entrega antes de votar. Gritando frente a la primera crítica: socorro, nos atacan, están violando los principios democráticos.

Perdiendo así su razón de ser.

Un escalofrío recorrió los pies de Gerardo. Hace muchos años un distinguido ideólogo europeo escribió: *la verdad es siempre revolucionaria.*

Años más tarde su sucesor se encontraba borrando de las fotos oficiales los rostros de los caídos en desgracia. Con su codo ¿in?voluntariamente derramó un frasco de tinta china sobre uno de los escritos del ideólogo borrando así la sentencia.

Cuenta la leyenda que mucho más tarde alguien que estaba borrando de las fotos oficiales el rostro de su antecesor se acordó de la famosa frase y de quien la pronunció y de ahí en adelante se publica en sus obras completas.

Demás está decir que dependiendo de quien la lea se toma como cierta o como leyenda.

Hay países, como Chile, en que de un solo golpe a uno le roban la democracia. Otras veces poco a poco y sin que uno se dé cuenta va perdiendo libertades sea por la acción del enemigo sea en su propio campo hasta que cuando uno se percata ya es demasiado tarde. Hay mucha costumbre establecida, mucha etiqueta lista para poner rápidamente y así impedir hasta el más mínimo intento de cambio. O lo que es peor, uno no se da cuenta o le duele o le da miedo y cierra los ojos.

Me duelen los pies, me duele mi continente y sin embargo el arroz es el mismo, la leche de coco para prepararlo viene del mismo fruto.

—No Enano, el problema no es el pedazo de papel sin firmar. No, en estos momentos estamos completos. Si necesitáramos a alguien pensaremos en ti, pero sin compromiso. Guarda la carta, en el trabajo veremos.

Y estirando cuidadosamente los dedos para no tocar la ardiente armazón metálica de sus zapatos, continuó su camino rumbo al Teatro Municipal para asistir a una quinta, sexta o décima versión de una obra de un grupo amigo que admirara en Colombia quince años antes y que adorara visto sin ver desde el exilio.

—Están muertos —le susurró al oído Jean Marie, un actor francés que atraído por los cantos de otras épocas vino a trabajar en la región.

Melina se dio vuelta en el vientre de su madre preparándose para salir, su padre se removió en la butaca como cada vez que asiste a un espectáculo y no le gusta, pero esta vez sorprendido y preocupado por lo que había visto, y le había gustado, la primera versión de la obra.

Es un estreno, se dijo y como tal tiene las virtudes y defectos de éste: el ritmo no se ha encontrado; no es su sala, por lo tanto no conocen ni dominan el espacio; recién hace dos días decidieron hacer una creación de luces, por lo tanto es evidente que hay un lenguaje y un ritmo no encontrado que se opone al de la obra y los desfavorece; las relaciones entre los personajes no se han afianzado lo que hace que a veces aparezcan como inexistentes.

Miró atentamente y vio que la mayoría de los actores había cambiado.

Flotaba una tensión que Gerardo reconoció como la misma que existió en su grupo en un momento de grandes contradicciones ligadas al quehacer cultural, a la visión sobre el teatro, al camino a seguir y confirmó que independientemente de la obra y de la puesta en escena el problema surge inocultable sobre las tablas.

La obra perdió su belleza y su ingenuidad al intentar explicar todo, al añadir y añadir elementos como si todo el problema social de un país tuviera que encerrarse en una obra. Más grave aún cambiando la supuesta ingenuidad de un cuento popular, su sabiduría por una ingenuidad política llevada al teatro. Sin embargo, pese a todo se notaba escondida la presencia de una mano genial y cada tanto surgía una bocanada de calor humano.

Es el exilio, me cambiaron los ojos, de lejos se puede mirar sólo con el corazón, idealizar, mitificar, mirar en concordancia con los sueños del sin patria, mirar con los ojos selectivos y miopes del deseo.

De cerca, si se quiere ser honesto con uno mismo, se tiene que mirar con los ojos de la razón y cómo duele, se dijo Gerardo.

El Enano aplaudía ruidosamente, recordándole un cierto público europeo que al comienzo aplaude a los actores y termina aplaudiéndose a sí mismo por estar ahí, aplaudiendo con un cierto casi para que lo vean.

Pero como era Latinoamérica y no Europa, El Enano le añadió gritos y saltos. En la mitad de uno de ellos vio a Gerardo que no aplaudía y sorprendido se congeló. Sus piernas chuecas, el cuerpo encorvado, el cuello derechito y la cabeza ovalada formaron junto a sus ojos y boca abierta un perfecto signo de interrogación. Signo que se cerraría cuando atravesó la puerta de un hotelucho miserable en la ciudad de Medellín.

En ese mismo momento una enfermera limpiaba el cuarto donde esa noche a las cuatro y media nacería Melina y el médico que atendería el parto reservaba telefónicamente una entrada para ver "Amadeus".

A cincuenta metros de ahí un teniente del servicio de inteligencia militar preparaba un autoatentado en contra de un bus del ejército.

En la esquina de una gran avenida situada a 150 metros de la clínica un mozo limpiaba la greca de café de donde saldrían doce horas más tarde los primeros tintos destinados a los madrugadores.

A las seis de la mañana el mozo sirvió los dos primeros cafés del día a Gerardo y María de las Mercedes que cansados pero felices comentaban el nacimiento de Melina.

A las seis y cuarto entró un muchacho alto, flaco, que contó sus pesos, pidió un tinto acompañado de una almojábana y se fue a sentar tres mesas más allá, la espalda contra la pared.

A las seis y veinte escucharon el ruido de una explosión que venía de la Plaza de los Perros ubicada a 200 metros del café y a cincuenta de la clínica en que Dalibá apretaba entre sus brazos a Melina.

A las seis y veintiuno la radio interrumpió el tango de Gardel que tocaban para dar a conocer la noticia del cobarde atentado perpetrado en contra del ejército colombiano y anunció que los primeros elementos de la encuesta mostraban la responsabilidad de uno de los jefes históricos del movimiento guerrillero M-19.

El flaco alcanzó apenas a abrir enormes los ojos cuando el teniente al mando de un comando militar lo dejó como colador.

De la greca continuaba saliendo un delicioso olor a café recién hecho, el mejor café del mundo según los colombianos; en la radio el tango continuaba.

Diez horas más tarde, Dalibá, María de las Mercedes, Gerardo y Melina tomaron un taxi, dieron una dirección cercana a la casa de los monstruos, el monumento histórico donde habitaban, y por si acaso, los tres colocaron sus espaldas en contra de los vidrios protegiendo así a la recién llegada.

El chofer miró por el retrovisor y le preguntó a Gerardo:

—¿Es el primero?

Y ante la respuesta añadió:

—Lo siento, espero que el próximo sea varón. De todas

formas felicitaciones.

Aceleró, se encomendó al Sagrado Corazón de Jesús y tomó la avenida principal en dirección del centro de la ciudad.

Conocieron otros grupos, a un titán del teatro regional, Arnulfo, heredero de las virtudes de la raza de los Buendía, quien dirigía 18 grupos de teatro poblacional simultáneamente.

Entre otras 17 obras en aquel momento dirigía "La madre", de un tal Bertoldo, obra que adaptó a la realidad nacional cambiando el samovar por una greca, el pan por arepas, el vodka por aguardiente Néctar logrando así que fuera clasificada como parte de la dramaturgia nacional lo que le abrió las puertas de acceso a todo un sector de público popular. Obra que montó en una semana y cuya actriz principal se reía como loca dos días antes del estreno al recibir ¡por fin! el libreto completo del que había logrado memorizar dos parlamentos.

Arnulfo, que guardaba 18 cartas sin firmar en su maletín y que le recordó a esos pioneros que en el Chile de la U.P., a iniciativa de las juventudes de un partido, fueron formados como directores, autores dramáticos, actores y escenógrafos en un seminario que duró tres días.

Prueba de la seriedad y para que los ancestros no los acusaran de exceso de fervor revolucionario aquellos que por razones de trabajo sólo pudieron asistir dos días recibieron únicamente los dos primeros diplomas.

Un brujo amazónico recogió la fórmula trasladándose de los recónditos senderos de la selva a los complicados senderos de las capitales europeas donde, con gran éxito, otorga diplomas. Pero como Europa es Europa y no América Latina, sus seminarios duran una semana.

A partir del estreno El Enano los seguía como su sombra por los calurosos y polvorientos caminos del departamento del Valle del Cauca.

Cada vez que tenían que descargar para instalarse en una nueva sala o crear un nuevo espacio teatral, saltaba del platanal más cercano a la plataforma del camión para ayudarlos riendo como un niño cada vez que ésta subía o bajaba. Sus pobres rodillas tocaban el suelo aplastado por el peso de la pirámide que insistía en descargar solo para probar su deseo de hacer teatro.

Cuando dejaron la zona luego de abrazar emocionados a El Enano, al doblar la última esquina antes de abandonar la ciudad vieron en una muralla un afiche del grupo amigo y se sorprendieron al darse cuenta de que el nombre de su director y dramaturgo (dos de cuyas obras escritas veinte o treinta años antes se transformaron en clásicos del teatro colombiano) había desaparecido pese a que cuando se habla del grupo todo el mundo cita automáticamente y con gran justicia su nombre y el de las obras escritas veinte o treinta años atrás.

Abrieron las ventanas del camión para impregnarse del olor dulzón de las refinerías en medio de los grandes ingenios azucareros, buscaron desesperadamente una brisa que los refrescara. Miraron hacia el cielo saludando con la mano el avión que llevaba a Dalibá y a Melina el que en un hermoso ballet esquivaba, en el azul luminoso del Valle, los aviones de los narcotraficantes y aquellos de los agentes de la aduana, del ejército y de la policía que los seguían en una loca carrera para interceptarlos y ser los primeros en cobrar la vacuna antes de desearles buen viaje.

Gerardo esquivó los restos de un avión (de algún ingenuo que creyó que era cierto que tenía que aplicar la ley), se acomodó en el asiento, entrecerró los ojos para distinguir mejor los contornos de la carretera en medio de la masa de aire caliente que la envuelve en permanencia, por cariño miró por el retrovisor y en medio de la carretera creyó distinguir una figura minúscula, de piernas torcidas, que cargaba una pesada maleta amarrada con un trozo de cabuya.

Su copiloto, pese a que ya habían recorrido 8.000 kilómetros desde que fueron expulsados de Argentina, insistía en estudiar los mapas artesanales que habían comprado donde, al verles la cara les tomaron el pelo marcando la distancia en kilómetros cuando en realidad las distancias en América Latina se miden en días o en semanas.

Durante horas se dejaron acariciar por las hojas de las palmeras que bordean el camino, mecer por el ruido de las cascabeles que alegres atraviesan la ruta, se sintieron más ligeros (y no en el sentido literal) después de pasar algunos controles del ejército, de la aduana o de la policía, se hartaron de comer rodajas de piña, de mirar las grandes extensiones cuando de repente todo se oscureció y el viejo camión se topó con una enorme muralla, verde oscuro en su base y negra al perderse en el cielo.

Si hasta en el paradero donde bajaron a consultar qué pasaba y tomar un tinto la música se escuchaba en sordina mezclada por el ruido de las viejas que por unos pesos pedían la protección del cielo para los viajeros.

Salieron del boliche con los nacionales, como ellos recogieron piedras y juntos gritaron "asesinos" y apedrearon un bus enorme adornado con luces verdes, rojas, moradas que formaban una calavera, bus que pasó a toda velocidad incrustándose en el muro.

La muerte rodante, murmuraron las viejas.

De regreso al interior tomaron otros tintos acompañados de un aguardientito para darse valor y el mozo les dijo bajito:

—No viajen de noche, en La Línea, nadie sabe qué pasa arriba, muchos desaparecen, mejor esperen el día y viajen protegidos en caravana.

Gerardo había pasado demasiado tiempo en Europa y no hizo caso, subió al camión y se hundió en el muro. Dejó de escuchar el ruido de la música y oraciones, tocó desesperadamente la bocina para obligar a apartarse del camino las primeras sombras que ya al comienzo de La Línea intentaban atrapar las puertas del camión. Era imposible retroceder.

El camino se fue cerrando, las curvas haciéndose cada vez más numerosas y más estrechas, se acordó de la forma de hablar de los colombianos tan respetuosa (por una vez que se respeta algo) de las eses, pero que en La Línea eran como las de los españoles: mucho más cerradas. Como buen chileno, Gerardo se comió una y terminó con la trompa del camión al borde del precipicio. Durante una hora retrocedieron centímetro a centímetro colocando piedras para impedir que el camión volviera hacia adelante, tomara vuelo y cayera al barranco. Al fin lograron tener el espacio para girar las ruedas delanteras, quitaron las piedras, gritaron para espantar los malos espíritus y aceleraron.

Dos horas antes del amanecer salieron de la espesa capa de nubes que rodea la cúspide y fueron sorprendidos por el resplandor de una fogata alrededor de la cual se veían sombras de hombres con ruana y fusiles.

Gerardo se preparaba a pasar la segunda, a acelerar y pasar por el medio o por sobre los que quedan en el medio como indican las autoridades y la sabiduría popular cuando distinguió la sombra de otros camiones apoyados contra la montaña.

Puso la primera y fue parando suavemente para ir a apoyarse en contra de la pared rocosa. Uno de los hombres se acercó, lo miró extrañado, le ofreció un trago y le explicó que por unos cuantos pesos podía dormir tranquilo, que ellos vigilaban y que lo despertarían cuando quisiera.

Gerardo y su copiloto se acomodaron en la cabina, pasaron el seguro por lo que nunca se sabe y dos horas más tarde Gerardo fue despertado por el ruido del reloj despertador que le indicaba que tenía que levantarse, que no podía llegar atrasado a su primer día de trabajo.

En la puerta del edificio se leía "L'Humanité", nombre del diario del Partido Comunista francés donde días antes lo habían contratado para trabajar en el cargo de auxiliar de prensa. Gerardo se preguntaba modestamente cómo él, un hombre de teatro podría auxiliar tan importante diario.

Un grupo de personas lo esperaba en la puerta, lo condujeron por el hall, le mostraron las oficinas (vacías a una hora tan temprana) al parecer sin decidirse sobre cuál de ellas merecía, tomaron un descensor y apretaron el botón. Cruzaron el primer piso, el sótano, el segundo sótano. Al llegar al tercero pararon y en una sala fuertemente iluminada le mostraron un mueble metálico (su futuro camerino), le regalaron un overol azul, un par de alpargatas y lo llevaron a "la partida".

*Le départ*, nombre simbólico dado a una enorme sala de donde salen los diarios para toda Francia, sala en la que lo esperaba el conjunto de los obreros para hacerle entrega solemnemente de sus nuevas herramientas de trabajo: una escoba, un estropajo, dos guantes de caucho, una pala, un balde, medio kilo de jabón en polvo y en pocas pero emotivas palabras le explicaron que su tarea consistiría en barrer la gran sala y sacar la mierda de los camaradas en los baños del primero, segundo y tercer sótano.

Gerardo botó con disimulo el librito que había comprado y en cuya tapa se leía "el manual del perfecto periodista", se acordó de los matones, mineros del cobre en Sewell que tenían por tarea el sacar la mierda de los compañeros en la mina y renunció a su determinación de ganar el premio Pulitzer.

Los franceses le dieron un par de sonoros besos en las mejillas. Hasta hoy Gerardo se interroga sobre si es una costumbre de dicho país o reminiscencias de la época en que dicho partido era muy cercano admirador de los soviéticos. Juntos cantaron "El pueblo unido" y echaron dos o tres "muera Pinochet". Le quitaron las herramientas de trabajo, lo sacaron del diario y se lo llevaron a un boliche en la esquina a tomar un trago.

Por ser solamente las seis de la mañana le ofrecieron primero un vino blanco seco cortado con Vitel (al parecer era un Riesling) servido en una bellísima copa verde, alta, esbelta, de un pie delgado que sostenía delicadamente una media cabeza de amapola en cristal, copa que se entregaba diariamente a los obreros franceses. La segunda ronda era un blanco seco para pasar luego al vino tinto. Cada uno ofrecía su ronda sin preguntar si querían o no otra copa y solamente terminado el vals el grupo se dirigía al trabajo.

Como era su primer día no le dejaron pagar su ronda y más bien redoblaron la de ellos. Al finalizar, algunos se dirigieron al trabajo mientras Philipe, Thierry le Gros y Claude lo llevaron a escoger las cosas para el desayuno del equipo.

Gerardo escogió un enorme pan campesino, dorado, recién salido del horno, fragante, mientras ellos, siguiéndolo en el camino de la fragancia, escogieron un queso roux, un camembert bien hecho, un jamón en forma de pirámide y un par de botellones de tinto.

Regresaron al diario y se dirigieron de inmediato al casino donde estaban los otros del equipo alrededor de la mesa afilando sus cortaplumas y sacando otros manjares. Dejaron a Gerardo el honor de *casser la croûte* o quebrar la corteza del dorado y generoso pan, nombre que dan todos los obreros de Francia a esta ceremonia.

Hasta la mesa llegaron los de la rotativa, los de las linotipias, los fotograbadores, los mecánicos. Vinieron nuevos brindis con el compañero chileno, nuevos discursos, nuevos aplausos y los gritos cada vez más eufóricos de Gerardo en contra del dictador asegurando a sus nuevos amigos que antes de que terminaran de vaciar esas botellas llegarían nuevas noticias dando cuenta del irresistible avance de la resistencia en Chile y de la inminente derrota del imperialismo y su infame lacayo.

A las diez, al escuchar los gritos de victoria, de corchos y el silencio de las máquinas bajaron los oficiales del diario encabezados por su director, el que evaluando la situación se sumó de inmediato al recibimiento encargando más vino e improvisando un discurso.

Se produjeron nuevos brindis, la calidad del vino subió en un cien por ciento, el calor humano bajó en un cincuenta, Gerardo respondió en un breve discurso en el que incorporó sus primeras palabras en argot.

A las diez y treinta había perdido su escoba, la sala estaba milagrosamente limpia gracias a manos solidarias, los camaradas se abstuvieron de ir al baño y por acuerdo unánime lo trasladaron definitivamente al bar donde a las once en punto tomó su primer Pastis, bebida nacional, bebida obrera que hechizó al amigo venido de tan lejos.

A las doce y media se despidió con tristeza de tan alegres amigos, los dejó cantando "La Internacional" mientras García, emocionado al acordarse de su llegada al diario se subía en una mesa para cantar :

*el ejército del Ebro*

*rumba la rumba la rumba baba...*

coreado en un perfecto español por el conjunto de obreros:

*una noche el río pasóoo*

*Ay Carmela, Ay Carmela*

El director del diario se había sacado la chaqueta, la finísima bufanda de seda que lo caracterizaba y corría tras los obreros abrazándolos e imitándolos en su argot de proletarios.

Gerardo encontró a duras penas la entrada al metro para regresar a su cuarto donde ante la mirada sorprendida de su hermano, su cuñada y María de las Mercedes explicaba entre risas y canciones, en un idioma del que ninguno entendía ni mierda su primer día de trabajo en Francia.

Así transcurrieron quince días con la única diferencia de que Gerardo llegaba una hora antes, se apresuraba a hacer su trabajo, escondía la escoba para encontrarla a la mañana siguiente, los franceses comenzaron a aprender las canciones chilenas y él el nombre de los quesos y los vinos.

Cansado, sintiendo el peso de un exilio que comenzaba, decidió volcar todas sus energías en lo suyo. Se declaró enfermo del hígado, paró la fiesta y se dedicó a su trabajo teatral perdiendo al mismo tiempo gran parte de las simpatías de los alegres obreros del libro.

Buscó actores o gente con condiciones y comenzó el trabajo; por el grupo pasó mucha gente, con más o con menos condiciones, con mayor o menor motivación, mejor dicho con distintas motivaciones.

Quizás el más simpático de todos fue un relojero de profesión el que nunca supo cuán cerca estuvo de pasar a la cacerola cuando los servicios de inteligencia de la izquierda chilena comenzaron a investigarlo por culpa de un senador que declaró:

—Lo conozco, trabaja con los milicos.

Declaración que hizo temblar al conjunto de exiliados ya que el viejo conocía todas las direcciones, todos los nombres, todas las chapas a fuerza de comer asado y tomar vino tinto con ellos.

Se le cerraron las puertas de todas las casas, muchos se cambiaron sin previo aviso. Dejaron de saludarlo y cuando ofrecía, como era su costumbre, pagar un asado o invitaba a un trago todo el mundo se corría y terminó bebiendo solo, él a quien el reloj de alcohol se le descompuso y al final no sabía si estaba bebiendo la última copa de la noche o la primera de la mañana. Si incluso algunos llegaron a devolverle la plata que le habían pedido prestada ya que era uno de los pocos que trabajaba.

El pobre viejo casi se volvió loco y con lágrimas en los ojos golpeaba inútilmente de puerta en puerta pidiendo que alguien le explicara lo que pasaba.

Afortunadamente para él, para el grupo y para el teatro, ya que resultó un excelente actor, el amigo que lo investigó en el exilio y el que lo investigó en Chile llegaron a la misma conclusión: era simplemente un relojero del norte implicado en pequeños tráficos como gran parte de la gente que vive en la frontera y que por esa razón abandonó el país.

Que escondía su pasado por lo que le daba vergüenza, que sus salidas anteriores a la definitiva fueron para pasar contrabando y ver cómo estaba la situación en otros países de América Latina, que era un excelente viejo que no podía vivir sin la compañía de los suyos tomando un vaso de vino conversado y comiendo una empanada chilena los domingos.

En premio, más tarde, cuando Gerardo montó el *Edipo Rojo o la travesía*, le dio un papel especial. En una parte de la obra aparece un interrogatorio con apremio como lo llaman los milicos.

El actor quería el papel del interrogado pero no se atrevía a pedirlo por lo que pensaba lo haría el director o su amigo-enemigo del alma, El Arquero.

Intentaba sacar información (la buena), en broma preguntaba por esa parte de la obra, a medida que el montaje avanzaba más dudas y más deseos de hacer el papel le entraban hasta que un día no aguantó más y a la salida de un ensayo pidió hablar con Gerardo y María de las Mercedes.

Tras largos rodeos y sendas cervezas al fin se atrevió a preguntar por el papel y a quién le tocaba. Sonriendo, Gerardo le preguntó primero cómo lo veía.

—De rodillas al centro de la escena, un palo en la espalda, los brazos colgando como un crucificado —respondió.

—No está mal —le dijo Gerardo— pero recuerda, hay una imagen similar al comienzo de la obra, busca por otro lado.

—Amarrado de pies y manos a una rueda de carreta —propuso.

—Mejor —contestó Gerardo— pero de dónde mierda sacamos una rueda de carreta en Francia, y si la conseguimos el medio problemita para transportarla.

El actor se quedó silencioso y pensativo frente a su cerveza, sus ojos comenzaron a ponerse tristes creyendo que había perdido el papel, así que Gerardo lo interrumpió de inmediato:

—Desnudo, sí, en pelotas frente a dos botas militares.

Alegre como era, el relojero estalló en una carcajada diciendo:

—Imagínate a los chilenos, la media carita que pondrían... y a las viejas no se las aguantaría nadie.

Más se los imaginaba y más se reía.

—Buena la talla —exclamó— y al mirarlos, la sonrisa se le heló en los labios y preguntó:

—¿En serio?

—En serio —fue la respuesta.

—¿Y en quién pensaste? —preguntó casi sin voz.

—En ti viejo.

Y Gerardo pensó: por muchas razones que no vale la pena preguntar.

Al día siguiente comenzó el ensayo de esta parte. Primero fue el texto, su sentido, la forma de decirlo, encontrar la sobriedad absoluta que se necesitaba, eliminar cualquier asomo de melodrama o de heroísmo. Luego en una segunda etapa le añadió el movimiento según el cual el actor se desvestía y se iba colgando lentamente de los brazos hasta quedar casi suspendido en el aire mientras el texto continuaba sin acentos. Así pasaron semanas de ensayo hasta que logró dominarlo completamente.

Una noche, luego de un ensayo con todos, Gerardo despachó al resto del grupo salvo a María de las Mercedes cuya opinión es de gran peso para él por la experiencia que tiene, por lo que es una gran actriz, por su sensibilidad y además por lo que el *Edipo rojo* está basado en un relato de su vida y dijo:

—Pasemos la escena.

El actor se paró en el escenario, se concentró e iba a comenzar cuando se escuchó una voz desde la oscuridad en el centro de la sala:

—No. Hoy lo pasamos como va a ser.

El actor se deslizó hasta un lateral, se escondió tras una cortina y se escuchó un largo silencio al final del cual sacó la cabeza y con un hilo de voz preguntó:

—Por hoy, ¿lo podemos dejar en calzoncillos?

Conocía la respuesta y el silencio de la sala se la confirmó, entró la cabeza y murmuró:

—Por huevón me pasa.

En escena quedó alumbrado solamente un cenital, se sintieron sus pasos vacilantes y comenzó. Todo lo que se había buscado durante semanas apareció: las órdenes que nadie da y sólo él recibe, las respuestas a preguntas que sólo él escucha, el sufrimiento de un ser que intenta controlar su cuerpo, su voz en sus reacciones de miedo frente a lo hasta ahora desconocido, su lucha para mantenerse digno y sentirse, pese a la degradación, un ser humano.

Terminada la escena los tres se dirigieron a la salida del teatro sin decir una palabra, Gerardo lo abrazó y se despidieron hasta el día siguiente. Esa noche María de las Mercedes le cantó canciones de su tierra hasta altas horas de la madrugada.

En el siguiente ensayo estaban en la sala los actores del grupo y algunos invitados. Gerardo no miró la escena, solamente observó los rostros y escuchó el texto. Finalizado el ensayo no preguntó nada, salió de su rincón en medio del silencio, se paró en la sala y le dijo al actor:

—Los tenemos. Felicitaciones.

El día del estreno la sala estaba llena, el *tout Paris* del exilio se encontraba allí, amigos y enemigos. No por lo que Gerardo buscara los segundos, no, por lo que la vida es así. Aparecen como moscas.

Entre los primeros había amigos de lejanos tiempos o amigos de nuevos tiempos, del tiempo en que todos esperaban ver aparecer los pajaritos de la leyenda.

Amigos que aprendieron a respirar y a vivir, que son capaces de reír con una broma, de admirar o no un cuadro, de amar o no amar una obra de teatro, una canción, un poema, una danza, una foto o una película sin que tras ello se encuentre otra cosa que la capacidad de sentir de un ser vivo.

Los segundos, los frustrados del exilio, aquellos que viven amargados en sus cuevas rumiando todo el día, olvidando hasta el porqué se encuentran fuera. Autores de libros nunca escritos, directores de obras jamás montadas, pintores de pinceles secos, bailarines inválidos, cantantes sin voz, almas de milicos que no tienen a quién mandar, anfitriones de interminables reuniones donde —al menos eso hacen— reina la mentira y hablan en tiempo presente de lo que nunca existió o existirá.

Tiempo de una nueva historia que les permite vivir antes de ir al baño donde con dolor de su alma el que menos caga, caga un piano.

En los cócteles se les reconoce por lo que siempre se deslizan pegados a la pared, por lo que comparan en permanencia la champaña para ver si es mejor o peor que la del estreno anterior, símbolo de la decadencia o ascenso del autor, director o expositor y que buena o mala siempre les sabe amarga al no ser ellos los que algún día puedan festejar una primera obra con un vaso de vino, o de agua, momento en que nuevamente el milagro se produce y el líquido, sea el que sea se transforma en un delicioso néctar al ser compartido.

Latinos y franceses en medio de los cuales se encontraban dos invitados de provincia: el secretario de una célula del Partido Comunista de Chile y su señora los que se habían adelantado a los acontecimientos prometiendo a Gerardo llevar el grupo a su ciudad.

El desnudo pasó. En la sala no volaba una mosca, las respiraciones se detuvieron, el texto dicho sin acentos hizo vibrar de emoción. Terminada la obra y en la fiesta que sigue a todo estreno el actor tuvo que aguantar todo tipo de bromas y no solamente de los chilenos como lo esperaba.

Una niña de quince años se le acercó y le dijo:

—Viejo, no sabía que eras judío.

Su madre de mayor experiencia, añadió:

—Cuando te vi me dieron ganas de pararme y gritar "¡Chile, Chile, Chile. Ra. Ra. Ra!"

La esposa del minero lo abrazó y le susurró al oído:

—Mañana le pido una quena a los del Quila y vengo a encantarte.

El francés socarrón dijo:

—No vayas a presentarte en invierno en la Normandía, la obra cambiaría mucho.

Solamente el secretario de la célula y su señora guardaban un obstinado silencio en un rincón.

Al día siguiente llamaron a Gerardo para invitarlo a comer en casa de un amigo común, terreno neutro al parecer. Desde el aperitivo comenzaron que felicitaciones, que la obra es buena, que París es distinto a la provincia, que el cura y su madre les habían prometido estar presentes en el teatro, que todo el mundo los conocía, que qué iban a pensar de los chilenos, que... que si no podía llevar otra obra menos polémica.

—Que no —respondió divertido Gerardo—. Es el *Edipo* o nada.

El secretario bajó los ojos, miró a su señora, intentó un último:

—¿Y para Châteaudun, no podríamos dejarlo en calzoncillos? ¿O al menos apagar el reflector?

Levantó la vista, lo miró a los ojos, le dijo entre dientes a su señora:

—Te lo había dicho, es un intelectual.

Y añadió:

—Di mi palabra de comunista. Los llevamos, qué carajo, así tenga que cambiarme de pueblo. (Hoy día vive en París).

Por infidencias, tiempo más tarde Gerardo se enteró de que llegando al pueblo la señora pidió una reunión de su Partido donde denunció la corrupción moral del grupo argumentando que jamás hasta el día de la obra ella había visto desnudo otro hombre que no fuera su marido y en todo caso nunca por tanto tiempo y mucho menos con las piernas abiertas y una lámpara alumbrándole las presas.

En la fiesta que les ofrecieron luego de la presentación en el pueblo, Gerardo se dio cuenta de la profunda huella que había dejado la obra cuando muerto de hambre se precipitó sobre el plato de cazuela que le tendía la señora del secretario y se encontró con las dos patas y la cresta del pollo flotando en el agua.

El estómago se le cerró y el hambre lo despertó justo en el momento en que el guardia se acercaba para avisarle que las dos horas habían pasado, que podía bajarse a comer unas arepas con queso y tomar un tinto mientras él daba una última vuelta al camión.

Vuelta que bastó para que le robara una de las dos placas francesas que tanto le habían llamado la atención. Meses más tarde en una de las tantas vueltas que dio para encontrar la salida de Colombia, Gerardo atravesó nuevamente La Línea.

Casi se muere de la emoción al ver la placa incrustada en el frontis de la cabaña y un cartel que decía: "Bienvenidos al paradero 3882 JH 94 ".

Por un extraño juego de espejos entre las nubes, la neblina, el río al fondo del precipicio y la masa de aire caliente en el plano, logró distinguir una sombra que a lo lejos, detrás, caminaba a lo John Wayne, balanceándose no con un revólver al cinto sino con una pesada maleta de cartón. Otras veces caminaba a lo Marlon Brando. Cuando se detenía a descansar se apoyaba en una mata de plátano, con un ojo semicerrado a lo Humphrey Bogart y un cigarrillo colgando de sus labios.

Gestos que asombraron y le ganó el respeto de los bandoleros que lo dejaron atravesar La Línea y que incluso le ayudaron a cargar la maleta.

Gestos que perfeccionó durante el largo recorrido hasta Bogotá donde apareció en la Universidad Nacional, se cruzó con Luciferio y se acercó al camión justo en el momento en que iban a comenzar a descargarlo, con un caminadito que provocó la envidia de la totalidad de los actores colombianos.

Llegó a provocar una crisis cuando todo un sector que hasta el momento seguía el caminado teatral nacional encontrado sobre el ritmo de un bolero del puertorriqueño Pedro Flores, el conocido "vengo a decirle adiós a los muchachos", quiso cambiarse al de El Enano e incluso se rumoreó que pedirían la realización de un congreso donde exigirían la libertad de caminado.

Lejos atrás se quedó la tierra generosa y caliente de Cali, ciudad de mujeres hermosas que caminan cimbrando el talle como palmeras, mezcla de mulatas, de música y de viento, ciudad en la cual en el vientre de Dalibá, en la casa de los monstruos, creció Melina.

Monumento histórico que como todo monumento que se respete en América Latina se mantiene en pie por milagro durante los terremotos (que es lo único histórico que tienen) y gracias a un montón de colihues gruesos (guaduas los llaman en Colombia) que sujetan sus muros, escalas y techo.

Monumento del que se apropió una vieja bruja poblándolo de soñadores, mendigos y sacerdotes locos que rendían pleitesía a la reina madre quien cada tanto succionaba a uno para botarlo enseguida inservible a las calles de la ciudad donde lloraba eternamente la desgracia de haber conocido la felicidad.

Llantos similares a los que en un momento determinado salieron de las casas de los exiliados, llantos de los que por pudor nadie, pese a que todos lo sospechaban se atrevió a preguntar la causa.

Bellezas del exilio, las mismas que Gerardo vio llegar en los brazos de su madre o apenas caminando o escribiendo sus primeras palabras las que cuando eran dictadas por el padre decían: pico para Pinochet y cuando las dictaba la madre decían: estoy aquí por lo que amamos la libertad.

Gran parte de las que llegaron años más tarde no tuvieron que escoger ya que los progenitores se pusieron de acuerdo y dictaban la frase directamente en idioma extranjero: estamos aquí por lo que amamos o los tulipanes o el pan francés o los tallarines.

Ellas, las primeras, que doce o catorce años más tarde habían florecido con la belleza de plantas exóticas produciendo taquicardia en los corazones europeos y no europeos.

Adolescentes que destrozaron sus hogares el día que llegaron a sus casas para comunicar a sus padres:

—Este fin de semana me voy con Jean François o con Pierre o con Paul.

Otras, las que no conseguían producto nacional, decían:

—Este fin de semana me voy con Pepe o con Manuel o con Mohamed.

Y en esos hogares resonaban los gritos y sollozos desgarradores de la madre frente a un padre que abatido, sin siquiera mirar la televisión, bebía sin parar para olvidar el agravio preguntándose en qué había fallado.

Los lunes esos buenos militantes faltaban por primera vez a

una reunión de célula, de grupo pública o clandesta dependiendo de sus preferencias para no enfrentar la mirada de sus amigos, convencidos de que todos conocían su desgracia, que todos sabían que la niña de sus ojos aquella a la que nada faltaba se había transformado en una... snif, snif.

De vuelta a sus hogares las contemplaban de reojo sin poder entender en qué momento dejaron de ser las inocentes niñas del exilio transformándose en esas mujeres de mala vida y escasos sentimientos. Sin lograr entender cómo podían seguir viviendo con esa mancha horrible, sin remordimientos de conciencia y que por el contrario se las veía felices y despreocupadas. Incluso algunas para remacharla comenzaron a caminar como patos.

Todos esos padres juraron que el día del Gran Juicio, el día en que públicamente se juzgará al dictador sacarían fuerzas de su dolor para exponer estos terribles casos y que al fin el mundo entero escandalizado aceptara de una vez por todas el chador iraní.

Todos menos uno, el padre de aquella que sobrepasó los límites de lo tolerable y se metió con un negro, cuando todo el mundo sabe que en Chile no existen y que si uno es morenito lo es a causa del clima privilegiado que Dios le dio y que pese al bronceado solar siempre se nota la piel de porcelana. Que tampoco aparece el color cobrizo de los indios por lo que todo el mundo sabe, gracias a los libros de historia, que en su heroica lucha de tres siglos en contra de la conquista española fueron exterminados lo que explica que los descendientes de los pocos que sobrevivieron se conserven como hueso santo y se les ruegue no se mezclen. Que si nuestro pueblo huele, huele pese a la distancia, a metro parisino a las seis de la tarde en día de lluvia o a tranvía de

Róterdam en día de mercado, distinguidos olores del hemisferio norte que solamente pueden irritar las mucosas de los ignorantes.

Y en último término, ese ligero color oscuro puede corregirse con talco lo que añade distinción y características europeas a nuestro pueblo.

Años más tarde fueron ellas las que lograron lo que ninguna campaña por el retorno pudo. Cientos de padres abandonaron Europa para regresar a la patria antes de que las niñas cumplieran 18 años, edad a la que en esos países salvajes les dan la mayoría de edad, en cuyo caso nadie las podría obligar a hacer lo que no quieren. Extrañados, los pilotos de chárteres hacia Latinoamérica no logran entender el porqué se celebra tanto cumpleaños en el aire al cruzar las fronteras.

Incluso hay tres demandas en la corte internacional de justicia de La Haya en contra de la KLM, dos en contra de Air France y una en contra de la Lufthansa por atraso en la salida de los vuelos, atrasos que permitieron que esas adolescentes abandonaran los brazos de sus padres para regresar corriendo a los brazos de sus amantes.

Precioso exilio en que pese a estos enormes y humanos problemas, hombres y mujeres los superaron para creer, soñar, trabajar, crear a partir de la nada o del todo, construir sin refocilarse en el miserabilismo, vivir sin quedarse en el llanto eterno de las llagas llegando incluso nuevamente a soñar con los tomates de su tierra, sintiéndolos crecer, amándolos cada noche (chileno infiel) cuando al dormir se deja abrazar y envolver por su aroma.

Horrible exilio en el que algunos perdieron la capacidad de creer (o desarrollaron solamente la de creer en la capilla), soñar, trabajar y crear.

Horrible exilio en que otros se quedaron inmóviles en permanencia mirándose el ombligo, la primera de las llagas, sin saber en qué momento de la tortura les fue inferida.

Precioso exilio cuando se fue capaz de amar a los doce y a los ochenta, cuando se abrió la vista para mirar con sentido nuevo, cuando la danza se quitó los bototos, cuando el teatro rompió el quinto muro, cuando la musicalidad de las palabras cambió escapando a los barrotes, la guitarra habló distinto y las notas rompieron los márgenes estrechos de la marcha para sentir la vida y cantar dejando atrás la norma establecida.

Horrible exilio cuando los burócratas, olvidando quien desencadenó la tormenta, tomaron decisiones en función de lo que el Hacedor de Eclipses decía:

—Los exiliados viajan por el mundo como si estuvieran de vacaciones.

E intentaron regir la vida, poner grillos al movimiento, encadenar el pensamiento, reglamentar los sueños.

Cuando de lejos o de cerca llegó la orden cual si fuera un juego de niños pero sin la inocencia de éste:

—Un, dos, tres momia. Nadie se mueva. El viajar es turismo y por lo tanto maldito.

Las familias obedecieron o las hicieron obedecer. Unos hijos quedaron en Bulgaria, los padres en Alemania, el marido en un Berlín, la mujer en el otro. Deshojaron la rosa, instauraron la tristeza. Al que violó la norma lo castigaron y solamente volvieron atrás muy tarde cuando los que se arrojaron por las ventanas, los muertos de tristeza, los que llenaron los hospitales psiquiátricos, los que para olvidar se volaron el cerebro pesaron más en su muerte que en su vida y todo el mundo violó la ley. Precioso exilio.

Precioso exilio cuando la muchachita que estuvo en la Villa Grimaldi y a la que los milicos le quitaron el hijo, hoy mujer se acuerda de las manos enormes, regordetas que vio por abajo de la venda, manos del guatón Romo, manos que doce años más tarde no se olvidan y que pese a todo dice:

—Me dan pena, en realidad son ellos los que están presos y lo que es peor, jamás podrán ser libres.

Para enseguida mirar con ternura al hijo que encontró en un asilo cuando la liberaron, acariciarle la cabeza y servirle un segundo plato de sopa.

Horrible exilio cuando pasaron años antes de que María de las Mercedes y Gerardo consiguieran una visa para ir a ver al hijo o al hijastro, visa conseguida gracias a la intervención de dos directores de teatro: uno francés, del Gérard Philipe de Saint Denis, el otro de la Volksbüne en Berlín.

Y en una noche fría de presentimientos al encontrarlo para Navidad éste les lanzó sin rodeos:

—Los estaba esperando, anoche Fidel me dijo que vendrían, porque deben saberlo, llamo a quien quiero a mi mesa... soy Dios.

Loco de falta de amor y soledad, loco de frustraciones cuando los burócratas le negaron el estudio y lo mandaron a la fábrica por lo que era colombiano y no chileno.

—Perdona compañero director... no sabíamos que era tu hijastro... si no hubiera sido diferente... no quisimos inquietarlos... pronto saldrá del manicomio... no es grave... no es el primero... regresen tranquilos... podrá estudiar lo que quiera cuando salga, es un muchacho muy inteligente...

Meses más tarde, cuando María de las Mercedes regresó a la RDA a buscarlo, los mismos del perdone le entregaron dos hojas de papel sin membrete y sin firma, diagnóstico médico a transmitir al psiquiatra que lo trataría en Francia, y en una reunión oficial le pidieron que nunca hiciera público el problema. Al parecer es mal visto mostrar a un enfermo. Gerardo, que se había quedado en Francia, no prometió nada.

Locos de frustraciones y de lejanía los burócratas se dedicaron psicológicamente a descubrir las debilidades de los otros. A uno, viejo y notable militante de un partido le pidieron que regresara a Chile de inmediato. El pobre hombre iba de pieza en pieza contando lo que le pedían, temblando, sin atreverse a confesar su miedo y terminaba en cantaleta: si "él" me lo pide, voy.

Cuando Gerardo preguntó a los responsables si verdaderamente pensaban mandarlo, a coro respondieron:

—No. Pero te invitamos a la despedida oficial que le haremos mañana.

Y ante el signo de interrogación que apareció en la cara de Gerardo aclararon como en un juego:

—Es de mentiritas. Pero queremos reventarlo por jodido. Que el viejo confiese públicamente que tiene miedo, el maricón.

—¡Qué frío hacía en Dresden!

Horrible exilio.

Años más tarde, el viejo regresó antes que sus ............ (que el lector coloque el término que quiera) a Chile.

Precioso exilio cuando tomamos conciencia de que cada vez que colocamos rápidamente un calificativo sobre la persona estamos también jugando el horrible juego. Precioso exilio cuando somos capaces de destruir la etiqueta.

Precioso exilio cuando la locura queda atrás, cuando la vida continúa abriéndose camino y el hombre nuevamente sueña, cree en el hombre y crea. Cuando al primer "estampilla y copia en tres ejemplares" o "El... (a quien no conoce, o conoce muy bien) lo dijo y por lo tanto se hace sin discutir" salta, por él, por los que vendrán y los manda a la misma mierda.

—Grosero —le dijo su vecina dándole una bofetada y llamando a la azafata para denunciarlo, azafata cuyo contoneo de caderas lo transportó a la ciudad prohibida de Hammamet.

Ciudad amurallada para proteger sus secretos, poblada de leyendas que se pasean entre los frescos muros de casas blancas repetidas hasta la ceguera.

Tierra caliente a la que lo invitó el director de un festival internacional y desde ahí hermano de sangre, tierra que hizo florecer, al contacto del sol, a Dalibá.

En medio de los limoneros, de la fragancia del jazmín, del verde mar y sobre todo de un teatro circular al aire libre que se llenaba de olores e imágenes noche tras noche, cuya escena desaparecía por momentos ocultada por la espuma de las olas permitiendo entre ola y ola el cambio de un vestuario, deslizando entre pez y pez un verso, Gerardo cortó el fruto y naufragó definitivamente en el cabello largo y sedoso de Dalibá.

Tierra caliente, tierra generosa, tierra de meros machos. Si de los latinoamericanos se dice que son machistas, y es cierto, aunque se ha producido un cambio radical en el continente y hoy lo son mucho menos, no por una evolución o toma de conciencia o avance de la mujer en su lucha, sino gracias a la carne con hormonas que a decir de algunos es la causa de la salida del clóset de tantos, ¡qué decir de los hermanos árabes!

Desde su llegada al festival los organizadores asediaron a Gerardo para que asumiera tareas distintas a las que tenían que ver directamente con la puesta en escena y el soñar como era su costumbre e insistían en que asumiera el conjunto de tareas administrativas: organización de la gira, firma de los contratos, estudio de los itinerarios, etc... tarea ardua y pesada, tarea que requiere una gran firmeza, tarea que siempre asumía María de las Mercedes.

La gran mayoría de los directores latinoamericanos se ha desprendido de estas pesadas tareas entregándoselas a una mujer o a un sustituto (cuando no hay café, bueno es el nescafé, dicen los colombianos) disfrazando la medida como una conquista en la lucha por la liberación femenina. En compensación se les permite salir a saludar a escena.

Pese al exilio, Gerardo se sigue sintiendo profundamente latinoamericano y firmemente planteó que en el grupo eran dos directores y que María de las Mercedes era la encargada de todos esos trámites.

Hasta los camellos se espantaron, los amigos se consultaron entre ellos, gritaron en su lengua materna para luego comunicarse con él en la lengua de los antiguos colonos y preguntar:

—Y... ¿Puede firmar?

Conociendo su debilidad, cada tres horas de reunión con María de las Mercedes abandonaban con cualquier excusa la sala, ordenaban a un mozo que los siguiera con una taza de café y partían en su busca.

Atravesaban la escena, las graderías, miraban las torres de luces, los camerinos, la playa, los limoneros y al fin lo encontraban solo o acompañado de Dalibá escondido en el marabú, cueva blanca y fresca al borde del mar, cueva habitada antaño por un hombre santo. Lugar perdido donde casi nadie llegaba y en el cual Gerardo permanecía horas mirando ese mar tan diferente al suyo y que sin embargo en alguna parte en las profundidades se juntan al igual que el mundo árabe se junta con su mundo allá lejos entre el mar y la cordillera.

La mano en el corazón le servían el café y le contaban como chisme lo que María de las Mercedes había dicho intentando adivinar en su rostro, al no tener respuesta, si estaba o no de acuerdo.

Lo que debía haberse decidido en una hora tomaba tres, diez, un día o dos tanto por lo que les encanta el ejercicio verbal como por lo que María de las Mercedes era mujer.

Qué extraordinaria batalla tuvo que dar para lograr imponerse. Y lo logró. Si hasta se tomaron una foto con ella.

El mar se retiró y comenzó el trabajo sobre la escena. Civilizado por su tiempo de permanencia en Francia y controlado por los dos técnicos franceses que llevó, Jean Louis y Stéphane este último una especie de Dios nórdico de largos cabellos rubios y cuerpo lleno de tatuajes entre los cuales se destacaban las serpientes, los vampiros, dos o tres calaveras, un corazón rojo-verde--amarillo atravesado por un puñal con incrustaciones de piedras preciosas que causaron la admiración de los tunicinos Gerardo pedía con voz calmada:

—Por favor, les ruego tener la amabilidad de subir un reflector con gelatina naranja a la torre dos.

Ante tanta gentileza los árabes se llevaban la mano al corazón, discutían entre ellos para ver cuál de los quince subiría el reflector, se aseguraban que era la torre dos, pero antes sugerían la uno, la tres o la cuatro, uno por uno miraba a través de la gelatina y así amablemente dejaban pasar el tiempo.

Hacia las dos de la mañana, cuando luego de ocho horas de trabajo habían montado doce reflectores de los sesenta necesarios, alguien pasó tras Gerardo y le deslizó al oído:

—Apúrese, aquí amanece a las cuatro.

Gerardo respiró profundamente, bajó a la escena, en la escala quedaron los doce años de civismo, volvió a ser un latinoamericano de cuerpo entero, se le salió el indio y gritó en chileno:

—Conchas'e su maire, apúrense o verán. De ahora en adelante cuando diga un reflector quiero verlos corriendo, cuando pida que alumbren uno lo quiero al segundo, cuando pida que lo dirijan sobre un actor es donde yo quiero y al hijo de puta que no le guste lo saco a patadas en el culo.

Volvió a subir los escalones, recuperó parte del civismo y añadió —gracias.

A partir de ese momento en los ojos negros almendrados apareció un destello de admiración, los franceses le dieron la mano y a las cuatro en punto cuando el sol comenzaba a alumbrarlos con sus primeros rayos el trabajo estaba terminado.

Agotados, pero felices el equipo en masa: latinoamericanos, árabes y franceses se dirigió al borde del mar donde entre gritos de alegría y de victoria se bañaron.

De ese mismo punto de la playa, de ese mismo mar esa noche hizo aparecer a Cristóbal Colón el que lentamente navegó hasta la escena sobre la música de "Carmen" tapada por momentos por los gritos del público, gritos que en el pasado aterrorizaron a los colonos y que esa noche emocionaron hasta las lágrimas a los actores latinoamericanos.

A María de las Mercedes que actuaba el personaje principal de la obra le perdonaron que, mujer, tomara primero la palabra al verla segura y desafiante en lo alto de la pirámide.

El momento más difícil en este encuentro se produjo al pasar una de las partes de la obra, parte concerniente al machismo, parte que se desarrollaba en un prostíbulo y que estaba montada como un melodrama en ritmo de tango.

El único ojo descubierto de las mujeres veladas parecía querer salirse de su órbita, los hombres miraban fijamente sin proferir palabra, la especie de rosario que tienen permanentemente entre las manos subía y bajaba dejando escuchar una música en la que se podía descifrar: Alá es grande y Mohamed su profeta. Si hasta los ramitos de jazmín se les cayeron de las orejas.

A partir de ese momento llegaron hasta el teatro caravanas venidas de los puntos más lejanos del país, Cheiks o campesinos pobres con camellos, corderos o alfombras que proponían a Gerardo a cambio de las actrices del grupo. Caravanas que partían nuevamente a perderse en el desierto sin comprender el porqué de la negativa cuando todo el mundo sabía que ellas habían ofrecido sus encantos públicamente sobre la escena.

A partir de ese día todas las actrices tuvieron que cuidarse temiendo que en la noche las raptaran y al día siguiente apareciera en su lugar un camello amarrado a la pata de la cama; todas menos una, Marie, que lejos de la tutela de su compañero, un indio boliviano, vio la posibilidad de su vida y se tiró hasta a los medios de transporte para preguntar inmediatamente después del camellístico grito de orgasmo:

—Dime, ¿no crees que en este país habría un trabajo permanente para una actriz francesa?

Un actor del grupo se dio cuenta de las posibilidades enormes que tenía, bañó su cuerpo con esencia de jazmín, cambió su pieza por una al lado de la de Marie y dejó abierta la puerta ya que los pretendientes no hacían diferencia entre una actriz, un camello, una oveja o un actor.

Stéphane se hizo un nuevo tatuaje que decía: prohibido tocar. Jean Louis llamó a su mujer.

A la semana se internaron en el desierto cual si entraran a otro mundo en busca de un teatro grecorromano que se encontraría en los alrededores de Djendouba.

Cerca de la ciudad donde pasaron la noche y tomaron un café encontraron en medio de la arena las ruinas de un teatro en piedra. A todos les brillaron los ojos. Los técnicos se pusieron de inmediato a buscar los mejores ángulos para iluminar la escena y las piedras, los actores instalaron la pirámide con más de cuarenta grados golpéandoles la cabeza, el guía, un muchacho campesino se sentó a la sombra.

Muy de vez en cuando pasaba una campesina la que al ver las hermosas piernas doradas de Dalibá al aire libre comenzaba a encorvarse, primero la cara hasta que la barbilla tocaba las cejas para seguir con el cuello, el tórax hasta transformarse en una bola que escapaba chillando. En su entusiasmo, Jean Louis y Stéphane casi ponen fin a sus días al querer instalar la dirección técnica en una cueva llena de avispas.

Los actores instalaron su vestuario detrás de un pequeño muro semidestruido tras el escenario y contemplaron el teatro: las graderías semicirculares gastadas en sus escalones por el pasar de cientos y cientos de espectadores a través de las épocas, los asientos en piedra tallados en arco por el uso, un escenario semicircular elevado a un metro sobre el suelo hecho de piedras enormes talladas a mano y tras él, el pequeño muro casi invisible para no cortar una masa de luz que se perdía difundiéndose en el desierto el que con sus suaves curvas prolongaba hasta el infinito el escenario.

Gerardo fue a conversar con los técnicos para ver los cambios que necesariamente se habían producido en la creación de luces. Con agrado comprobó que pese a ser un maestro quien hizo la creación en sala, Jean Jacques Ezrati, los dos picados habían respetado la esencia y a la vez cambiado lo necesario para integrar la maravilla de decorado natural al de la obra jugando con las piedras, la arena e imaginando el reflejo de la luna.

Estaban escuchando el rebote y quiebre de los acordes de "Carmen" cuando Marie llegó con sus ojos tristes llenos de lágrimas a anunciarles que partían a maquillarse ya que el guía les había ordenado con voz tronante que como jefe de la caravana había decidido adelantar la presentación de una hora y por lo tanto estaban atrasados.

Se miraron, Gerardo se acordó de sus raíces, llamó al guía y lo mandó al mismo diablo o lo que es lo mismo lo mandó a buscar café para todo el mundo exigiendo que no se presentara sin él. Todos se tranquilizaron pensando que se habían librado del amigo por el resto del día. Cómo lo hizo nunca se sabrá, pero a los quince minutos apareció con una tetera humeante acompañada de pastelitos que sacó por arte de magia del medio del desierto. Los franceses temblaron y Gerardo logró entender cómo, pese a la aparente indisciplina e indolencia ese pueblo conquistó su independencia.

A las ocho de la noche, cuando el sol comenzaba a bajar distinguieron en el horizonte dos nubecillas de polvo las que al acercarse se transformaron en dos camiones. Se abrazaron pensando que era el público que llegaba. Al detenerse los vehículos vieron que estaban llenos de soldados, lo que los hizo abrazarse nuevamente, pero esta vez sin la alegría anterior.

El primero en bajar fue un capitán que se acercó y dijo secamente:

—Vengo a protegerlos por orden del gobierno.

Dio dos o tres ladridos y los soldados se dispusieron en doble fila desde el camino hasta la entrada del teatro, colocó otros tras el escenario, en las ruinas, tras los técnicos y esperaron, los fusiles en las manos, el dedo en el gatillo.

Solamente en ese momento partieron a maquillarse, más por principio que por lo que pensaran vendría público. Chipi, el más cuidadoso, comenzó de inmediato con amor y coquetería. Primero, se limpió el polvo del desierto, luego se puso una base, colorete en las mejillas, sombra a ambos lados de la nariz, unas líneas bajo los ojos, fijó todo con polvos y estiró los labios, al parecer para pintárselos, hacia el capitán. El milico (como buen milico) malinterpretó el gesto y le lanzó a quemaropa:

—Usted se maquilla más que una mujer.

Chipi, joven peruano sin experiencia eclipsiascal, intentó bromear y sonriendo respondió:

—Eso no es nada, mire a María de las Mercedes.

El capitán la miró y añadió:

—Cierto, pero "eso" es una mujer.

Con dolor de su alma Chipi se desmaquilló dejándose solamente dos rayas en los ojos.

Alá es grande y por lo visto en todas partes uno se acostumbra a la presencia de los militares ya que poco antes de la función los campesinos de la región surgieron de en medio de la noche y del desierto para ir a llenar el teatro.

Durante la hora y media de la obra la luz de la luna recortó sobre el desierto las siluetas de los militares que fieles a su deber apuntaban a los actores para protegerlos dándole así, a la obra, un sabor típicamente latinoamericano.

Siluetas que Gerardo no había visto desde sus últimos ensayos en la cárcel de Rancagua cuando aún vivía al interior de su continente, cuando aún le era fácil reconocerse en una imagen, en una sonrisa, en un amigo. Hoy, temeroso, Gerardo iba en su viaje de regreso sin saber lo que le esperaba, intentando colocar doce años sobre los rostros, sospechando que quizás lo único que no había cambiado era su querida cordillera de los Andes.

Temía extrañar las cosas que se volvieron cotidianas y que en un comienzo sorprendieron al exilio en su conjunto.

Las puertas de vidrio que se abrían misteriosamente frente a ellos sin que nunca pudieran sorprender al portero que diligente las abría dejándolos con la mano estirada listos para empujarlas.

Puertas que costaron más de una nariz rota cuando para

evitar la sonrisa burlona de la gente cada vez que vanamente intentaban abrirlas antes que el jetón que estaba escondido, decidieron meter las manos en los bolsillos y entrar silbando a los hipermercados justo por la puerta de vidrio que no era.

Esos corredores del metro que de repente les daba por caminar solos arrojándolos sea sobre los senos de la señora que venía detrás sea bajo el trasero de la señora que iba adelante dependiendo si era al comienzo o al final del maldito pedazo de corredor, dando en ambos casos el mismo resultado: la media cachetada de una francesa que no quería entender que no era su culpa, que en su tierra cuando el suelo se mueve se mueve entero y no tiembla a pedacitos como en París.

Pensó con cariño en el "huaso Eleuterio", querido personaje del exilio, dirigente campesino que fue detenido por los milicos, llevado al borde de un barranco y fusilado junto a otros miembros de su asentamiento.

Cuenta Eleuterio que en el momento en que el jefe de los milicos iba a dar la orden de disparar le dio tanto pero tanto miedo que se desmayó cayendo al barranco las patas arriba como los pajaritos lo que le valió quedar vivo pero herido en una pierna.

Cuando se despertó estaba semicubierto por los otros cadáveres, salió del medio, se curó como pudo y partió cojeando por los montes rumbo a la capital.

Al día siguiente la patrulla regresó a enterrarlos. Para mala suerte de Eleuterio el jefe sabía contar hasta seis y se dio cuenta de que faltaba uno, lo que desencadenó una enorme cacería para encontrar y eliminar al único testigo.

Dando una larga chupada a su inseparable mate añadía:

—y claro, como no conocen el monte como la cabra no pudieron encontrarme.

En Santiago sin conocer a nadie encontró gente amiga, incluso un doctor le sacó la bala y curó la herida que ya comenzaba a oler; más tarde consiguieron un auto y lo metieron a una embajada de donde salió rumbo a París donde desesperado caminaba por las calles buscando inútilmente un lugarcito en el cual plantar trigo y criar unas gallinitas.

Al fin alguien que conocía de la existencia de un pueblo campesino en los Balkanes habló con su embajada y logró un pasaje para Eleuterio.

Era tan singular su historia que los dirigentes le rogaron se quedara un poco más en París para que fuera a testimoniar en contra de la Junta en Naciones Unidas. En prueba de buena voluntad y para convencerlo mandaron de inmediato sus maletas a Sofía. Mala suerte de Eleuterio en esos días comenzó el juego del un, dos, tres momia. Sus maletas quedaron para siempre en Bulgaria y él en París.

Para colmo, no fue a las Naciones Unidas ya que al preparar su testimonio se le cambió la historia de un campesino chileno por la de un moderno Superman criollo que escapó sobrevolando barrancos, montañas, ríos salvajes perseguido por tanques, aviones a chorro, helicópteros y hasta un submarino que se equivocó de historia.

Afortunadamente el hombre es un animal con una gran capacidad de adaptación. Eleuterio decidió sobrevivir y comenzó a observar a la gente que paseaba por su nueva tierra. Descubrió al mismo tiempo que tenía ojos almendrados y comenzó a comprar cámaras fotográficas cada vez más grandes para transformarse en japonés hasta que años más tarde interrumpió una reunión de exiliados con sus fuertes pisadas, con un caminar seguro, los ojos brillantes, una sonrisa en los labios, vestido con botas de cuero negras, pantalón de cuero negro, casaca de cuero negra, guantes de plástico negros y un casco dorado.

Todo el mundo se puso de pie y exclamó a coro:

—Eleuterio, te compraste una moto.

Y él miró desdeñoso desde su pedestal a esos simples mortales y dijo:

—No, no me alcanzó la plata, por el momento me compré el uniforme.

Y dando media vuelta abandonó taconeando la sala para regresar a tomar el metro.

El resonar amistoso de sus pasos se fue perdiendo en la memoria y fue reemplazado por un taconear de botas también seguro pero agresivo, ruido de pasos que avanzaba por el pasillo del avión, ruido que se multiplicaba aprisionando a Gerardo.

Al intentar poner un ser sobre el ruido vio aparecer una diosa vestida a la moda de los antiguos combatientes de mayo del 68 en París pero con una estrella roja en la frente, de un caminado de pasos largos y viriles, vestida con un montón de amplios retazos amarrados a su cintura los que no lograban ocultar completamente sus generosas caderas. Sobre los aplastados senos un cuello ascético desnudo de todo intento de adorno sosteniendo la cabeza coronada por una alargada cara de caballo, pero sin la graciosa sonrisa de los equinos.

La deesa llegó a su lado y le extendió una mano seca y fría, recitando con una voz gruesa e impersonal:

Querido Gerardo...

reciban nuestro saludo....

heroicos combatientes...

compañeros de lucha...

gran placer...

siempre solidarios...

desde el primer combate...

hemos estado.....

estaremos...

justa causa...

justas luchas...

justamente tengo solamente dos minutos para acordarte.

Si necesitan una carta, firmada, no vaciles en pedírmela a mí o a través de... miró a su alrededor buscando a alguien de confianza y lo único que encontró fue a Napito, el Presidente del Club de "los margaritos deshojados", quien prestamente se adelantó pese a la mirada fría y brutal que le dirigió la deesa y arrojándose a sus pies cantó:

Oh divina Madre mía

Oh consuelo del mortal.

Te adoramos, veneramos,

Luchadora Inmortal.

—De "ell", —interrumpió seca y en forma evidentemente molesta Desdémona.

En un comienzo Gerardo pensó que había entendido mal, que la amiga no había vocalizado; pero no, de "ell" repitió la deesa con desprecio en su voz ajustando su paracaídas antes de arrojarse al vacío.

Movimiento que hizo tomar vuelo a los retazos de su falda descubriendo por primera vez sus bien torneadas piernas celosamente ocultas al común de los mortales.

Napitus, como decidió llamarlo Gerardo hasta estar seguro de la significación del ell entonó la canción de despedida:

> Esa cobardía de mi
> amor por ella.
> Hace que la vea
> igual que a una estrella.
> No te das cuenta
> que lloran mis ojos,
> que tiemblan mis manos
> y hasta me sonrojo.

Y cometiendo el segundo error de su vida invitó a Gerardo y su grupo a vivir a su departamento en el que públicamente y por la primera vez en el país consagrado al Sagrado Corazón de Jesús vivían en matrimonio dos margaritos.

Primer error que le costó su militancia en la secta de Desdémona que en una campaña encarnizada decidió limpiar sus filas de tan vergonzosos militantes y esto a riesgo de quedarse solos.

Persecusión masiva pero selectiva que dio mejores resultados de los esperados: en pocos meses esos seres desaparecieron y sobre todo no se produjo la fatal baja de militantes ni aparecieron molestas disidencias como anunciaron las malas lenguas.

Misterio que interesó a distinguidos historiadores y que trajo a Colombia famosos politólogos orientales interesados en estudiar el sistema de epuración que se había aplicado con tan brillantes resultados y ver cómo se podía generalizar en toda su riqueza este aporte práctico al movimiento mundial.

A la semana de habitar en ese departamento Gerardo lanzó una carcajada al descubrir el misterio: estos segundos cristianos a diferencia de los otros no se escondieron en las catacumbas sino que se hicieron nombrar secretarios, mandaderos, técnicos y pegadores de afiches en institutos, asociaciones gremiales, teatrales, musicales, universitarias y humanitarias; en gabinetes de abogados, médicos, arquitectos; en aduanas, gobernaciones, ministerios, etc, etc... y así lograron capear el temporal al conocer hasta el más mínimo movimiento de sus inquisidores.

En las elecciones realizadas al año de desencadenarse la persecusión lograron incluso elegir uno de los raros senadores de izquierda, el mismo al que la secta había confiado la realización del retrato de Desdémona, la deesa.

Los dirigentes se emocionaron al ver tanto y tanto militante de base celebrar la victoria, todos menos uno, Napitus, al que el nuevo senador destrozó su corazón y su hogar al conocer y levantarle justo en la última concentración nacional a su joven margarito a quien se llevó enredado en sus pinceles a la tierra del sol sumiendo a Napitus en las tinieblas de la desesperación.

Gerardo tiritó a su vez, pero de frío, cuando el avión se sumergió a su vez en las tinieblas en medio de una espesa capa de nubes. Tinieblas eternas como aquellas que se tragaron al ciego Chu-Mar-Lai quien fuera iluminado en Chile por el Sol Rojo que esclarece los corazones (y que enturbia la vista), interesante filosofía oriental que trasladada a América Latina se transformó en un tango:

Sol rooooooooojo

que ilumináaaaas

los corazooooones.

Filosofía expuesta en un librito verde o rojo en cuyo capítulo tercero, inciso segundo, cuarta coma se explica cómo reconocer y destruir los tigres de papel.

Chu-Mar-Lai, quien era turnio, leyó mal y en un arrebato místico decidió declarar a Salvador Allende uno de ellos y actuar en consecuencia desenmascarándolo frente a su pueblo.

Reunió un grupo de jóvenes adeptos, se encerraron en una casa de campo en los alrededores de Santiago y buscaron en el índice del manual la dieta a seguir en esos casos.

Comieron arroz integral, reemplazaron los tallos de bambú (al no encontrarlos en Chile) por tallos de colihüe, flagelaron sus cuerpos con ramas de ortiga, para purificarse se bañaron con cenizas volcánicas del Cajón del Maipo y estiraron sus ojos con cinta adhesiva scotch.

La transformación terminada cubrieron sus caras con caca de lagartija, vistieron pantalones bombachos, fabricaron bombas caseras (capítulo cuarto del manual) y partieron una noche con paso felino y perrístico pekinés a volar la única refinería de petróleo que existía en Chile para que sus llamas iluminaran la conciencia del pueblo y lo sacaran de su error.

Afortunadamente para Chile y desafortunadamente para ellos el manual venía con un error de tipografía en el capítulo cuarto. Una de las bombas explotó antes de tiempo destrozando pantalones, blusas, zapatillas de ballet-ópera, dispersando los cuerpos de los bebés dragones y dejando a su líder privado para siempre de ver el sol.

Meses más tarde, para la época del Gran Eclipse de septiembre, Chu-Mar-Lai fue sacado rápidamente del hospital donde se encontraba y llevado a una embajada para seguir camino a Francia ya que fue repudiado por los suyos y rechazado por el país que calienta los corazones pero que congela a los que fracasan.

Y allí se le puede encontrar en una esquina del barrio latino, sentado en cuclillas con dos varitas en la mano ofreciendo leer el I Ching a los pasantes o contando la triste y emocionante historia de cómo los militares lo dejaron ciego en la tortura.

Chu-Mar-Lai, Chu-Mar-Lai, ciego de ceguera imperdonable. Realmente hay que ser ciego del corazón y de entendederas para pensar que la mentira no será descubierta, que los oyentes algún día no abrirán los ojos. Para no ver que una vez más se ayuda al que se pretende destruir al dar una excusa al Hacedor de Eclipses para que diga: "vean, mienten", e intente así ocultar lo inocultable, los crímenes cometidos sobre los cuerpos de chilenos y chilenas, sobre las mentes de chilenos y chilenas y el haber manchado una vez más la conciencia de la humanidad.

Gerardo se sintió mal como cada vez que se acuerda del caballero y se dirigió al baño desde cuya ventanilla vio desfilar sus sueños confundidos a los sueños de otros exiliados que regresaron o que volvieron o que fueron o que vienen sin nombrar un puerto de embarque ya que a estas alturas del partido nadie sabe bien para dónde se dirige.

Pasaban casas sin techos y sin puertas por cuyos huecos volaban juguetones los florines, los francos, los dólares. En sentido contrario iba el director de un centro cultural montado en un chancho perseguido por un hombre de poncho y chupalla a caballo sobre dos ovejas que controlaba con una rienda artesanal tejida en la misma lana de los animales.

Un esqueleto fluorescente saludó calmado y sonriente esquivando maletas viejas, baúles llenos de chunchules, dos o tres arrollados, un tomate, lavadoras, cacharros, camiones, teatros completos o desbaratados mientras un antiguo policía intentaba en vano ordenar el tráfico en los dos sentidos.

Sobre una nube venía con sus característicos pantalones a media pierna, sus medias de raso, su peluca empolvada y su bastón con empuñadura de plata el marqués de Recoleta expulsado por haber tratado de "rotosos" a las nuevas autoridades. Le acompañaban sus tataranietas y un séquito de servidores cargándoles los baúles.

Uno de ellos, Güitricún, apenas atravesó la línea del Ecuador soltó el baúl para agarrar el sexo de una las distinguidas tataranietas la que al igual que su tataratatarabuela sucumbió de inmediato y para siempre al llamado del nativo. Signo de los tiempos, pudo hacerlo públicamente.

Una de las nubes tomó la forma de una larga capa color tornasol, dos se colocaron en el lugar de los pies simulando unas enormes botas, una más pequeña se moldeó como gorro de boletero de circo barato y completaba el todo una apacible cara de abuelo.

El viento que se colaba por los agujeros del avión pareció reproducir la voz aflautada y asexuada del personaje llegando a dar los acentos de sus discursos, los que el resto de los milicos, si fueran un poquitito inteligentes y menos tontos graves, deberían bailar al ritmo de una cueca.

Solamente rompían la apacible cara del abuelo una sonrisa congelada cual si gran parte del ejército estuviera detrás tirando sus flácidas mejillas, y lo inhumano de su mirada.

La nube giró y dejó ver el reverso del decorado. Gerardo pudo darse cuenta de que solamente una de las mejillas era sostenida por el ejército, la otra la sostenía un departamento de Estado que en la época tiraba en su país las mejillas de otro vejestorio.

Cuán difícil debe ser la vida del personaje al saber que basta que uno de los dos lo suelte para que se pegue el charchazo de su vida y hasta ahí no más llegaste.

Fin normal para el siniestro personaje que asesinó a El Mono en la ciudad de Rancagua, pensó Gerardo recordando a su quiltro.

Chile hace parte de aquellos países de América Latina donde además de producirse materias primas se reproducen prolíficamente los quiltros: mezcla de cuanto animal se aparea con un hoyo con patas, mezcla de cuanto gen anda botado por las calles lo que da por resultado miles y miles de ejemplares de esa nueva raza clasificada como "quiltrus latinoamericanus" por los sabios.

Generalmente son flacos pero de vientre inflado, ágiles, proporcionalmente largos, el ombligo colgando por el suelo, de miembros cortos, chuecos y patas enormes, cola trunca, hocico puntiagudo, una oreja parada, la otra caída, callejeros, enamorados. Su pellejo muestra las cicatrices de innumerables combates motivados por un sí o por un no, se las ingenian para buscar su comida sin depender de nadie y en tiempos difíciles, para no dejarse comer por los humanos.

Pero sobre todo tienen la más rara y preciada de las cualidades: son fieles. Son capaces de dejarse matar por aquel que adoptaron como amo o como súbdito, honor que no hacen a cualquiera.

A la casa de los padres de Gerardo, una tarde de primavera, al olor de un asado de plateada llegó uno de estos personajes. Se coló por la puerta abierta, evaluó la situación, se saboreó y adoptó a la familia.

El Mono, pues de él se trata, contaba entre sus antepasados un gato. De otra manera no se explica su afición por tomar vuelo y treparse a las panderetas para caminar por el filo del muro suscitando una tormenta de ladridos de los otros quiltros al mismo tiempo que la admiración de las quiltras y gatas del barrio.

Afición que nunca logró dominar completamente quedando la mayoría de las veces colgando lastimosamente y aullando como una sirena de bomberos para pedir auxilio.

Allá partía Gerardo con una escalera para bajarlo entre lengüetazos de agradecimiento y arañazos producto de la cobardía natural del quiltro.

Para la época del Gran Eclipse, El Mono al igual que un gran número de chilenos no se dio cuenta del cambio que había sufrido el país y continuó con sus costumbres, entre otras el no querer usar lentes ahumados. Para su mala suerte cerca de la casa quedaba un cuartel militar cuyos muros saltó alegremente un trágico día.

De él lo último que se escuchó fue un alarido, respuesta a la voz de mando de un milico y a la salva de balazos con que lo recibieron. Su cola, lo único que quedó sano luego de ser fusilado por los valientes militares chilenos, fue arrojada junto con otros cadáveres en el basurero municipal.

Gerardo se prometió que algún día, cuando regrese a Chile, plantará un árbol para que los quiltros puedan mear tranquilamente y aparejarse a su sombra, como homenaje a El Mono, quiltro mártir, quiltro muerto a manos de la eclipsatura.

En ese momento estalló una salva de aplausos, tradición de

los chilenos al cruzar la cordillera de los Andes. Gerardo miró por la ventanilla y ahí estaban, enormes, atravesando las nubes con sus picos llenos de nieve, desafiando al mundo con su belleza y sus hilos de plata deslizándose por sus costados para dar nacimiento a los ríos de su país.

No, no había cambiado. Algo había logrado quedar intacto pese a los años de oscuridad.

El piloto sobrevoló la cumbre del Aconcagüa y se deslizó planeando entre las otras montañas mientras que con las alas del avión picaba esa nieve que nadie en el mundo ha pisado aspirándola hacia los agujeros del fuselaje.

Al interior caía en los vasos de whisky donde se fundía al mismo ritmo que las lágrimas de los chilenos que regresaban de Europa, que regresaban de Canadá, que regresaban de ver mundo, que regresaban.

Las emociones contenidas durante doce años explotaron. Sin darse cuenta de que cantaban la música clásica preferida de un general, entonaron la suite número cinco de Chito Faró:

Si vas para Chile

te ruego viajero

le digas a ella

que de amor me muero.

A Gerardo el corazón quería salírsele de su pecho para ir a tocar la nieve, fundirla y hacer brotar un árbol, una rosa, una violeta. Abrirlo y dejar salir el pedazo de cordillera que se había robado doce años antes, donde en el huequito dejado se podía leer todavía: preso 2567, celda 55 (arriba), cárcel de Rancagua, huequito que reconocería sin necesidad de leer su número entre los cientos de miles que se encuentran esparcidos por La Cordillera.

Bajito entonó la canción sabiendo que era casi seguro que no podría bajar, lo que le había obligado por precaución a enviar las cosas de su teatro al país vecino, que entre una autorización y el viaje el vejestorio cambió de opinión y lo incluyó en una lista de honor de 5.000 chilenos a los que les prohibía el regreso a la patria alegando un vago argumento relacionado a una cierta "seguridad interior del Estado". Lista justificada al parecer por la presencia de una niña que dejó el país a los dos años y que transformada en una belleza doce años más tarde figuraba en ella por lo que su padre era de aquellos que ponen nombres con historia, nombres ya vividos y la marcó para siempre antes de que comenzara a dar sus primeros pasos. Pobre guagua con nombre de guerrillera.

Y Gerardo pese a la lista iba, y pese a todo cantó bajito la misma canción que tantas veces entonó en las fiestas de chilenos en París a la hora en que el vino les cambiaba los recuerdos y hasta los más afrancesados, aquellos que habían mantenido sus labios fruncidos como poto de gallina durante toda la fiesta en la expresión más francesa que podían encontrar (*né-cé-pá?*), los soltaban y entonaban con el inconfundible acento criollo la canción.

En el momento de finalizarla la azafata les pasó una gruesa cuerda para que se amarraran y el capitán anunció por el megáfono de lata a la distinguida chusma que se preparaban para aterrizar en el aeropuerto internacional de... y como los milicos le habían cambiado de nombre poniéndole uno de un ilustre futuro desconocido (como todo nombre de milico) lo llamó por su verdadero nombre: Pudahuel.

Uno a uno bajaron del avión, uno a uno les pidieron los papeles dos perros —y que me perdone el Mono— de la eclipsatura que los esperaban a la bajada de la escalerilla antes de permitirles subir al bus que los llevaría al edificio central del aeropuerto, llamado así por los nacionales probablemente por lo que se encuentra entre la cordillera y el mar ya que no hay ningún otro edificio a su alrededor.

Dos a uno se quedaron mirando de abajo hacia arriba. Por una vez uno estaba arriba. Por la segunda vez en su vida los de abajo le impedían ir a donde quería. Por la segunda vez en su vida Gerardo podía mirarlos sin que sus manos pudieran alcanzarlo sin saber esta vez si debía o no dar el paso fatal.

La azafata adivinó y le trajo una botella de vino chileno y tomó del brazo a uno. Uno que se quedó mirando su país con la misma cara de desolación de los obreros árabes que sin un peso en los bolsillos se pasean por los Campos Elíseos, huérfanos de amor, contemplando el cuerpo de las francesas que nunca poseerán. Con los ojos largos como chileno (antes por allá por la época de la democracia, se decía como perro flaco) mirando a la carnicería. El sol rebotó generosamente sobre la pista para entrar al avión e ir a acariciar suavemente las mejillas húmedas de Gerardo. Sí, le robaron todos sus derechos, salvo el de soñar. Ese jamás nadie podrá quitárselo.

A ambos lados de la pista central (como el edificio) había dos caza bombarderos en previsión de alguna invasión de exiliados.

Una hora y media más tarde subieron al avión unos escasos pasajeros entre los cuales se destacaba una rubia y oxigenada señora acompañada de sus dos hijas. La familia Rengifo, estaba marcado en la lista de pasajeros.

Desde que atravesaron la puerta del avión se empeñaron en hablar en ese idioma dominado a la perfección por los nacionales y ante los ojos sorprendidos del equipaje la madre repetía de vez en cuando:

—*Dat is e güindou*

Y las señoritas Rengifo contestaban a coro:

—*Iés, iés. E güindou in e güol.*

Y en medio de ese ambiente internacional el avión despegó alejando una vez más a Gerardo de su tierra y de sus sueños. Los perros se quedaron esperando.

El corazón se le cerró apretando firmemente el pedazo de cordillera que guarda celosamente en su interior.

Gerardo es muy paciente y en general está dispuesto a perdonar muchas cosas: los interrogatorios, la cárcel. Pero hay algo que nunca perdonará; la tortura moral a que ha sido y es sometido su pueblo, los cambios que el Hacedor de Eclipses y su séquito han producido en su gente.

En la del interior, en la del exterior. Y de esos, de los que forma parte, puede hablar. De esos que al llegar fueron solidarios y políticamente activos, que fueron capaces de tender una mano sin otro pensamiento que el de ayudar y que hoy a cada servicio le ponen un precio: sabes, es para comprar una vaquita cuando vuelva o un corderito o un chanchito o una hectarita o un silloncito para el teatrito o una tejita para mi chalecito o una puertita para la casita en la playita.

O que cuando proclaman en voz demasiado alta que ellos lo hacen desinteresadamente por amor hacia los suyos, hay que desconfiarse como de la peste ya que generalmente la factura triplica.

De esos que cuando se van a quedar caen como cuervos sobre los que regresan para comprar las cositas usaditas por un poquitito de platita ya que "allá" todo es tan baratito y, me da vergüenza, pero es eso o lo pierdes todito.

Otros intentaron volver a crear el Paraíso perdido y ahí están negociando con chunchules, con erizos, con locos, con machas, con dulce de membrillo, con aliños "negrita", con empanadas, con ponchos, cuecas y resbalosas. Negociando con olores, con las imágenes y vendiendo sueños a los exiliados.

Nunca en mi vida comí tantas empanadas como en el exilio y cada una me sabía más chilena que la anterior. ¡Esta sí que es campesina! y a medida que el tiempo se alejaba el sabor se acercaba.

Necesitaba que me supiera más chilena, pensó Gerardo. Somos tantos miles los que las comemos. Y los otros lo saben.

Queridos compañeros. No todos, triste minoría, almas en pena del exilio que buscando sus propios sueños al encontrarlos los transformaron en negocio. Y pese a que el sabor de los productos aumenta día a día para algunos, para ellos se pierde en la lejanía y ni siquiera al ir a Chile de paseo recuperan los sentidos. Triste minoría, pero de que los hay, los hay.

Sí, el exilio tocó a todo nuestro pueblo.

—*lés, ser* —como dirían las Rengifo.

Gerardo es muy paciente y puede perdonar mucho. No olvidar. Y no todo. Pero que en vez de dejarlo entrar a su país lo manden a Argentina: jamás.

Al cruzar la cordillera las Rengifo gritaron a coro:

—*Oooouu, iés. Güi arr in de eztreinyer.*

El capitán apareció vestido con un terno azul oscuro con rayitas blancas, vestón cruzado, un girasol en el ojal, zapatos amarillos, calcetines rojos, una bufandita de nailon con lunares verdes al cuello, patillas en punta, sombrerito inclinado sobre el ojo abrazando a una nueva azafata. Ella vestida de falda de raso negra, estrecha, abierta al lado, una blusita sin mangas pegada al cuerpo resaltando sus generosos y cansados senos, cabellos teñidos de rubio, cintura de tres tiempos, medias negras de malla sosteniendo las várices, liguero negro, zapatos rojos sin talón y de tacón alto, los dos bailando un tango de esos que sólo Carlitos sabía cantar.

En una vuelta apasionada la azafata se escapó de los brazos del capitán quedando colgada en uno de los huecos del fuselaje ante la mirada sorprendida y emocionada de Gerardo.

Emoción y suspenso semejantes a los que había sentido doce años antes en el patio de la cárcel en una primaveral tarde de octubre cuando al no tener nada que hacer (y en esa época y circunstancias era justificable) discutían rascándose la guata al sol del después del caballero y del castigo que merecía.

Sobre el después cada uno tenía su idea lo que hacía 2999 proyectos de gobierno.

No, en realidad 2998, ya que al interior de un partido dos lograron ponerse de acuerdo. Delirios de pobres presos ya que todos conocemos la enorme seriedad y responsabilidad de los políticos chilenos, los que enfrentados a una situación como la actual

1973 - 1974 - 1975 - 1976 - 1977 - 1978 - 1979 - 1980 - 1981 - 1982 - 1983 - 1984 - 1985 - 1986 - 1987 - 2088 - ¿..........?

dejarán inmediatamente de lado los intereses partidarios para pensar en todos, en la mayoría, en su pueblo y se unirán, única forma de detener el crimen.

Sobre el castigo era diferente, predominaba la idea del juicio (uno de verdad, con garantías, sin un asomo de apremio, es decir mostrar la diferencia con las bestias), pero como había que hacer pasar el tiempo daban libre curso a su imaginación.

Un preso propuso que lo sentaran en una silla de dinamita (Rancagua es región minera) con una larga mecha que saliera y regresara a ella para ir pasando por cada cárcel, por cada campo de concentración, por cada centro de tortura, por cada cementerio clandestino de Chile.

Proponía prender la mecha en una ceremonia pública frente al Palacio de La Moneda donde habían asesinado a Allende e ir transmitiendo por radio su recorrido kilómetro a kilómetro. Que el dictador fuera escuchando cada crimen hasta que la llama regresara a la silla y estando a un metro...

—Y estando a un metro yo la apago con la pata —saltó Moraga, un miembro del Comité Central del Partido Comunista de Chile, ante la indignación de los presos y la admiración de Gerardo frente a este inesperado gesto de indulgencia de un obrero chileno.

—¿Y entonces? —preguntó emocionado Gerardo.

—¿Y entonces? —preguntaron furiosos los presos.

—Y entonces —dijo Moraga—, lo miro a los ojos y le digo... ¿Comenzamos de nuevo?

Una vez más una carcajada retumbó en las paredes de la cárcel enfureciendo a los milicos que no podían entender que de tanto en tanto los presos estallaran "muertos de la risa" como se dice en Chile aunque en realidad debería decirse "vivos de la risa". Presos que analizaban los errores cometidos y entre ellos el de matar el tiempo deseando hoy recuperar hasta el último segundo vilmente asesinado. Jurándose nunca más cometer tan horrible crimen, por difícil que esto fuera, en un continente en que se está acostumbrado a sentarse para ver pasar el tiempo cuando no se le agarra a balazos.

Alegre pueblo chileno que conservó su capacidad de reír pese a algunos tontos graves que crearon nuevas categorías en el ballet del exilio: combatiente serio durante quince años en el interior (exterior), de esos que al salir (entrar) lo primero que dicen es: "*reirum traicionum est*". Y regresan a Chile (al exilio) la cola entre las piernas cuando una parte les responde con una gran carcajada: "*cagatum est*".

Aquellos que no olvidaron la risa o la sonrisa y que por eso quieren volver: para sonreír junto a su pueblo. Aquellos cuya sonrisa de enamorado vuela sobre los océanos, cordilleras, capea las tormentas, evita los milicos y los comisarios para llegar hasta el corazón de los suyos completando la unidad que otros quisieron destruir.

Tontos graves que son recibidos los brazos abiertos por sus homólogos, como aquel distinguido compositor en el exilio que decía que criticarlo a él era criticar a su partido, a la revolución mundial, que era una maniobra del imperialismo para detener la marcha inexorable de la historia. Héroe entre los héroes, raza bendita y escasa (más que los cigarrillos en la época de la U.P. pero cuánto más dañina que el tabaco), él que declaraba a quien quisiera oírlo que estaba dispuesto a regresar el primero a dar su vida si su pueblo a coro así se lo exigía. Ese pueblo que entre otras cosas no podía dormir sabiéndolo tan lejos y que arriesgaba su vida para hacerle llegar por las vías clandestinas, no la de los sueños, las manifestaciones de cariño. Años más tarde y el tiempo ingrato pasa y pasa y continúa pasando, logró regresar, no el primero, no el segundo, no el último, no a quedarse sino a ver cómo estaba la cosa y luego decidir si valía o no la pena regresar.

En el interior fue invitado a una fiesta organizada por los suyos en un gran teatro que se enorgullecían de llenar. Lo sentaron en la tribuna de honor y en un momento determinado el anunciador pidió silencio y con gran emoción leyó el nombre del amigo venido de lejos.

La sala se estremeció en silencio, él miró a los 8.000 uno por uno durante un largo momento, el presidium supremo vibró de emoción. El anunciador, luego de dos, tres o cuatro minutos repitió con voz vibrante el nombre del amigo presente.

Nuevo estremecimiento y cuchicheo en la sala, la mitad izquierda giró hacia la derecha, la mitad derecha hacia la izquierda para observarse. 4.000 pares de ojos interrogaron a 4.000 pares de ojos, la tensión era insostenible.

El amigo comenzó a levantarse presintiendo la ovación, el anunciador, las lágrimas en los ojos, se abrazó del micrófono para gritar por tercera vez el nombre y esta vez...

Y esta vez el silencio fue roto.

Fue roto por un muchacho de esos que para el Gran Eclipse usaban pantalones cortos, hoy dirigentes de la resistencia, que gritó desde el fondo:

—No somos sordos huevón, el nombre ya lo aprendimos de memoria pero ahora dinos quién diablo es.

Y el tiempo ingrato pasa y pasa y continúa pasando.

Gerardo se estremeció antes de partir corriendo al baño con un acceso de diarrea similar al que le da antes de un estreno y a la que les dio a los exdiputados, exsenadores, exministros, exaltos funcionarios, exrectores y excombatientes cuando conocieron la anécdota. Intentó imaginarse lo que había pasado por la mente del compositor y lo atacó un calambre signo del fin de la diarrea como de un mal presentimiento. Estaba en Argentina, y la adoró.

El avión atravesó la capa de nubes, pero esas sí que son nubes, no como las porquerías que hay al otro lado de la cordillera y sobrevoló Buenos Aires. Esos sí que son aires y buenos, qué digo, excelentes, extraordinarios, sublimes, los mejores, no como las porquerías de aires Tchernobilescos que pueblan el resto del mundo.

Sobrevoló la ciudad que vista de arriba le recordó extrañamente París, sin embargo estaba seguro de que era América Latina, que la música que salía por los altoparlantes era un tango, que si se parecía a París era pura casualidad. Confirmó que una vez más los europeos se habían robado las ideas y los planos para copiarlos. Si hasta pretenden que Carlitos nació en Toulousse cual una vulgar salchicha.

El piloto dio una vuelta cerrada y comenzó el descenso, a ambos lados de la pista los gauchos corrían a caballo con sus lazos listos para parar el avión al tercer rebote. El tango subió de volumen y se confundió con el del exterior, la azafata perdió un zapato, las Rengifo vomitaron y el aparato se detuvo.

Si no hubiera sido por lo que el Papa había popularizado el gesto al andar besuqueando y manoseando a cada rato el continente quitándole así toda significación (y eso que es europeo ya que frente al éxito encontrado a la hora que es latinoamericano ni Cristo lo sacaría de nuestros aeropuertos), Gerardo hubiera besado su tierra.

Pese a todo al tercer paso en tierra firme no pudo impedirse el besarla lo que le valió ser pisado por una de las Rengifo que olvidando su clase, el manual de Carreño y que estaba en el *estreinyer* le soltó un feroz "huevón", con el más puro acento del otro lado de la cordillera al mismo tiempo que los nacionales quisieron colgarlo por irreverente ya que desde la venida del amigo vestido de blanco el gestito está reservado para él y sus sucesores y no para cualquiera de los millones de exiliados dispersos por el mundo.

Esa noche se perdió por las calles de Buenos Aires, arriesgó su vida al intentar cruzar la avenida más ancha del mundo (casi tan ancha como su país), paseó por la calle Corrientes —la del tango—, con tristeza descubrió que el 348 es un garaje, cerca del Obelisco vio un rayado: "vine, vi y me fui". Firmaba un exiliado. Un grupo de turistas japoneses lo fotografiaba. Pese a lo caluroso de la noche Gerardo tembló.

En las esquinas se encontraban grupos musicales de Bolivia, de Argentina, de Chile, de Perú, de toda América Latina y la gente los rodeaba, coreaba sus canciones, sonreía. Uno lloraba.

Sí, la dictadura había caído.

Su estómago se emocionó al recibir su primer bife chorizo acompañado de una botella de tinto y sobre todo de una ensalada de tomates. No los mismos, pero parecidos a sus tomates y más parecidos por lo que los suyos nuevamente quedaban atrás.

Tomó un café acompañado de un coñac en el Café de la Paix, donde para su sorpresa todos le hablaban en francés, a él que lo único que quería era hablar nuevamente castellano, incluso con acento gaucho. Al comienzo Gerardo los maldijo, luego los admiró al entender que no era farsantería de porteño sino inteligencia de resistentes que frente a las dictaduras de milicos que hablan en inglés (*tu de rait marchhh*) usan el otro idioma como arma de clandestinidad. De otra forma no se explica que el famoso café de los intelectuales siga en pie sin que una de las innumerables dictaduras haya enviado un tanque a volarlo en pedazos por desafiar la razón al pintar en su fachada tan innoble nombre. El café sabía a un expreso italiano.

Esa noche Gerardo no necesitó que le cantaran canciones de su tierra y durmió, después de doce años cerró los ojos y durmió, sin soñar durmió soñando.

A la mañana siguiente abandonó el hotel dispuesto a continuar su reconquista. Al segundo paso quedó inmóvil; todas las calles del centro estaban cubiertas de guirnaldas con una hoja atravesada. Miles de miles y en cada hoja blanca colgada había dibujada una mano.

Gerardo se dirigió de inmediato al quiosco más cercano a comprar el diario para saber qué pasaba, y por más que leyó y releyó *Le Monde* como era su costumbre, no se enteró de nada. No, sí se enteró de algo al mirar la fecha del diario: que pese a todo en América Latina, inclusive en Argentina, se sigue viviendo con una semana de adelanto con respecto a Europa.

Siguió las guirnaldas, recorrió la calle Corrrientes, llegó a la Plaza de Mayo, tras el palacio de gobierno distinguió dos edificios grises, tristes, en medio de una maravillosa esplanada. De lejos leyó: Academia de Guerra y Aduana. Entre los dos jugaba un niño. Gerardo pensó en Jesucristo.

Retrocedió lentamente hasta la plaza, dio media vuelta y se

alejó. La gente comenzaba a tomar las manos.

Al llegar al edificio del Congreso Nacional entre las columnas que adornan la entrada vio colgado un lienzo donde se leía: "dele una mano a los desaparecidos".

Y en cada hoja, en cada una de las miles y miles de manos, uno firmaba por uno de ellos. Gerardo firmó.

En la noche, lleno de emociones, bifes chorizo y ensalada de tomates (preparada con cebollita picada en pluma, perejil y ají verde), Gerardo se encontraba sentado en una cuneta descansando cuando el centro de la ciudad fue invadido por el ruido de cientos de tambores. Tambores graves, tambores agudos, tambores que se confundían con los gritos de la multitud, tambores que lo llamaban como si todas las manos que había visto dibujadas ese día se hubieran puesto a tamborilear al mismo ritmo.

Oeeeeee Oeeeeeee

Oeeeeee Oeeeeeee

Los queremos vivos.

Y a lo lejos otros tambores respondían:

Oeeeeee Oeeeeeee

Oeeeeee Oeeeeeee

Juicio y castigo

a los culpables.

Los tambores se acercaron y encabezando la multitud venían cientos de mujeres la cabeza cubierta de un pañuelo blanco, un retrato en la mano, dignas en su dolor, avanzando lentamente hacia el Palacio Presidencial, hacia la Plaza de Mayo, avanzando lentamente, avanzando.

Oeeeeee Oeeeeeee

Justicia

Oeeeeee Oeeeeeee

Vivos los llevaron

Vivos los queremos.

Fotos de matrimonios, fotos de niños, fotos de abuelos, fotos tamaño carnet, fotos borrosas. Pañuelos blancos cubriendo cabezas blancas o que comenzaban a blanquear. Manos lisas, manos rugosas apretando decididas una foto.

Y en medio de las fotos de argentinos, fotos de uruguayos, de cubanos, de paraguayos, de brasileños, de chilenos, todos desaparecidos. El terror es internacional.

Gerardo cantó bajito al comienzo y luego más y más fuerte:

Oeeeeee Oeeeeeee

Oeeeeee Oeeeeeee

Y puede jurarlo, no estaba pensando solamente en los suyos.

Tarde en la noche casi sin voz, injustificable para un actor, Gerardo continuaba Oeeeeee Oeeeeeee. Pero qué hacerle, gran parte de su voz se había quedado pegada en las guirnaldas, la técnica se perdió al ritmo de los bombos y la emoción.

Entró demasiado aire de una sola vez a su garganta, injustificable para un director, pero qué hacerle, él también llevaba doce años hablando con los labios fruncidos como poto de gallina. *Né cé pá?*

Y de pronto la vio a lo lejos, subida a un largo palo, se agitaba de un lado a otro llamándolo. Gerardo se refregó los ojos, se pellizcó hasta gritar para cerciorarse de que estaba despierto.

Sí, era ella; ella que dio media vuelta y comenzó a alejarse nuevamente.

A codazo limpio Gerardo se abrió camino para alcanzarla, destruyó involuntariamente la formación en puerco espín de la guardia pretoriana que rodeaba a un pequeño grupo que por primera vez abandonaba la clandesta sin estar muy seguros de lo que pasaba, si era cierto, sueño o trampa. Gritaron "arriba los..." al caer, y casi taparon los gritos de aquellos que la rodeaban y llevaban en andas.

Sí, eran ellos. Sí, era ella. Una vez más en las manifestaciones, una vez más agitando sus brazos, nuevamente en las calles. Ella, cuya hermana más pequeña lo acompañó en su exilio y hoy dormía en el hotel.

Y alrededor de su bandera, ellos gritando:

Como el Colo-Colo no hay.

¡Oh rai!

¿Quién es Chile?

¡Colo-Colo!

¿Quién es Colo-Colo?

¡Chile!

Y el tiempo ingrato pasa y pasa y continúa pasando.

Al día siguiente, con un pañuelo al cuello —y no por lo que se argentinizara, sino por lo que le dolía la garganta— entró por primera vez a la jungla de la Aduana. Apenas dio un paso en la escalera de entrada apareció sonriente un funcionario extendiéndole la mano.

Gerardo se la estrechó calurosamente agradecido del gesto de este nuevo amigo y se prometió aprender a dar la mano como ellos, la palma mirando al cielo, para no ofenderlos en el futuro.

Seis horas más tarde mientras esperaba que regresara el amable funcionario con el primer formulario para llenar, Gerardo se paseaba y se paseaba contemplando la belleza del hall, del patio interior, del techo de vidrio, los reflejos de la luz en los diferentes muros, la gente que conversaba en voz baja, los amables funcionarios que saludaban estirando la mano, cuando se sintió seguido por un inconfundible ruido: punto y coma, punto y coma, punto y coma. Para asegurarse de que era a él a quien seguían subió por la primera escalera de mármol de Carrara. El ruido continuaba punto, ufff, coma; punto, ufff, coma; punto, ufff, coma. Sí, alguien lo seguía.

Entró al baño de varones y el ruido se detuvo. Era hembra, y latinoamericana, dedujo. Si no habría entrado. Gerardo tiró tres veces la cadena del baño para disimular mientras su cerebro trabajaba vertiginosamente para encontrar un plan que lo librara de la persona que lo seguía. Solamente se escuchaba el ruido de los latidos de su corazón; si parecía que toda la vida se había detenido en el edificio. Nadie entraba al baño y Gerardo ya no podía resistir el mal olor pese a que se había cubierto las narices con el pañuelo.

Finalmente decidió aplicar la estrategia aprendida años antes: dar un grito para desconcertar al enemigo y salir arrancando a toda velocidad.

Como de costumbre Gerardo no pudo impedirse el exagerar y le añadió una frase célebre: "Muchachos, la contienda es desigual, yo no se lo exijo, pero el que sea valiente que me siga".

Añadiendo la acción al texto, pateó la puerta y se encontró rodando por el suelo abrazado de la coja que le traía el formulario. Los argentinos que los rodearon repetían sorprendidos: pero che, parece que es un sobreviviente de la guerra de las Malvinas. Pobrecito che. ¡Como quedaron los muchachos!

La equivocación le fue fatal. A partir de ese momento a cada extendida de mano tenía que responder en dólares, moneda adorada por los continentales y prácticamente moneda nacional para cancelar el derecho a cancelar los trámites de tipo administrativo.

La coja no lo soltó más. Al día siguiente Gerardo logró entender que hacía parte de una nueva especie de super funcionarios, los que pese a tener carnet, timbres y ser conocidos y reconocidos por todo el mundo no eran nombrados por nadie y su tarea se resumía a cobrar un impuesto personal no votado por nadie ni figurando en ninguna ley pero que al no ser tocado directamente por el funcionario mantenía intacto el honor de los cuervos, de sus familias, de los gobiernos, de los milicos y de su querida América Latina.

Comenzó en el sótano, oscuro, con decenas de mesas ocupadas por sombríos funcionarios de terno gris y lentes trabajando en medio de rumas y rumas de papeles oficiales que llegaban al techo y que transformaban el local en un laberinto infranqueable para un recién llegado.

Al pasar por un cerro de papeles, Gerardo alcanzó a leer una placa que decía: Por aquí yace Gonzalito, muerto aplastado al servicio de la Gran Nación. A sus pies había un ramo de flores secas.

La coja le pidió permiso para mear detrás de una pila de documentos la que se tambaleó peligrosamente y Gerardo desperdició nuevamente otra oportunidad de liberarse en su vida al sujetar la ruma.

La coja se secó con un billete verde y lo dejó escondido bajo un dossier.

—Es para el jefe —le dijo—, lo reconocerá por el olor.

Al parecer sufría de los riñones ya que se pasaba meando tras cada pila de papeles que encontraba en cada una de las oficinas del inmenso edificio. Gerardo pacientemente subió por cada una de las escaleras de mármol. Cada vez pensó al llegar al último piso: aquí se acaba la pesadilla, pero no, le ponían un nuevo timbre y lo mandaban nuevamente al sótano a buscar otro formulario y a subirlo poniéndole nuevos timbres por otra escalera.

Se prometió encontrar, primero al arquitecto genio que había logrado encerrar tantas escaleras entre cuatro muros para felicitarlo y segundo al hijo de puta que descubrió cómo utilizarlas para maldecirlo.

Las noches las dedicaba a caminar, ir a los bares de La Boca a escuchar tangos, pasear por el puerto e incluso ver teatro. Había conocido a los amigos del Teatro San Martín quienes amablemente le ayudaron prestándole una máquina de escribir, teléfono, invitándolo a tomar café y a hablar. Hablar de teatro, hablar del mundo, pero sobre todo hablar en castellano, queridos amigos.

Fueron ellos quienes lo invitaron a ver su primera obra en argentino: *Galileo Galilei*. Fueron ellos quienes lo hicieron estremecer al escuchar a Sartori diciendo: "Pero che maeeeeestro. Nos has trrraicionaaado. Si pareceeees paquete chileeeno, pibe".

Y Gerardo puede jurarlo, su salida de la sala no tenía nada que ver con el chauvinismo.

Lo puede jurar y probar, ya que igual se salió de otra obra de un amigo que se quedó contando historias calcadas de historias que fueron buenas pero que a la tercera, cuarta, décima calcación comienzan a tomar gusto a historias apolilladas, dignas de ser guardadas más que contadas.

Habló con los suyos, dejó el hotel para ir a vivir a una pirámide mitad de madera, mitad de plástico en Chile, bueno, casi en Chile, en la calle que lleva ese nombre.

La madona que la había construido y habitaba, chilena de piel blanca, carnes rosadas y generosas, había salido dos veces durante las diferentes dictaduras. Ella, que había huido de la suya para respirar; ella, que amaba los niños y sobre todo el hacerlos y tenerlos erraba en su castillo colocando o sacando una escalera de madera para subir o bajar o hacer que subieran o impedir que bajaran los otros habitantes de la pirámide de acuerdo a sus cambios de humor o de lo que quedaba de sus fuerzas para resistir.

Los frutos de sus dos salidas vivían en el segundo y tercer piso de la pirámide y en la cúspide agarrado firmemente con sus pies y manos pobladas de unos dedos largos y descarnados su padre, abuelo de los niños, padre intelectual de los niños, guardián celoso e impotente de la pirámide y los bienes que encerraba.

Triste fin del que fuera la imagen misma del macho latinoamericano que en su juventud, arrogante y mujeriego defendía su propiedad a golpes, volando dientes a puñetazos si era necesario, dejando al igual que tantos otros, con la boca chueca y desdentadas a tantas mujeres de nuestro pueblo y que abandonados o solitarios gracias a la muerte liberadora intentan en permanencia regresar al pasado a través de un último y fantasmagórico orgasmo.

Fue la madona quien mejor entendió a Gerardo, quien descubrió y satisfizo sus más íntimos fantasmas.

Fue ella quien en una noche calurosa, sus cuerpos transpirando lo tomó de la mano y lo condujo por nuevos caminos solamente conocidos de aquellas que vivían en Argentina. Gerardo se abandonó el cuerpo mojado de deseo y se dejó conducir.

Sin soltarlo de la mano, las dos transpiraciones unidas, el deseo confundido a través de las palpitaciones de las yemas de sus dedos, en el momento supremo ella adivinó y exclamó en un susurro lleno de promesas: chunchulines.

Y sí, el mozo apareció con un plato lleno de chunchules dorados, la piel cubierta con harina tostada, asados a la parrilla, similares a aquellos que no probaba desde que abandonó Chile y con una sonrisa de complicidad ambos se arrojaron sobre el plato.

Al día siguiente la tomó de la mano, a ella, la otra, la acarició y partió rumbo al Obelisco a juntarse con ellos en una primera manifestación legal en contra del Hacedor de Eclipses. Reflejo condicionado, Gerardo frunció de inmediato la boca para que las consignas fueran más comprensibles.

Al llegar al Obelisco se dio cuenta de que la posición de los labios no era la única diferencia entre el exilio en Europa y el exilio pasado en América Latina y peor aún bajo una dictadura.

Ellos también fruncían los labios pero para silbar mirando pasar las nubes, ("Cambalache", era "Cambalache") estaban peinados a la cachetada para parecerse a Carlitos, con un kilo de gomina habían aplastado la inocultable expresión de rebeldía de los antepasados indígenas de los chilenos: el pelo tieso y parado. Todos con un pañuelo al cuello, un dirigente (rubio de nacimiento) se había teñido el pelo de rojo y todos se miraban de reojo a cien metros del lugar de reunión.

A la hora convenida, por una vez ni un segundo antes, ni un segundo después, apareció ella, flameando, extendiendo sus brazos hacia la cordillera, hacia su tierra desde la punta del monumento. Y qué monumento, tres veces más grande que el de París y a diferencia de éste, limpio, sin esas porquerías de rayas y monitos que lo afean. No, puro cemento y sobre todo hecho por los nacionales y no robado en casa de trabajadores inmigrados.

Como por arte de magia, aparecieron otras banderas, carteles; los silbidos se transformaron en gritos, miles de volantes (no, cientos; no, decenas) cayeron desde el Obelisco. Los argentinos que pasaban los miraron con cariño y al verlos tan pocos primero uno, luego otro y otro más los ayudaron:

Oeeeeeee Oeeeeee.

El casco de gomina saltó en pedazos, el sol solidario con sus reflejos transformó en blanco el pelo del dirigente, una paloma cagó el gorro de un milico que de lejos los observaba. Al final de la manifestación todos se fueron al restaurante de la esquina y se sentaron alrededor de una mesa a comer una empanada. Y esa sí que era campesina.

La temperatura subía y bajaba y Gerardo subía y bajaba las escaleras seguido de la coja que en medio de una noche inolvidable se le apareció desnuda bailando un tango antes de ofrecerle sus encantos. Gerardo vaciló, y vaciló, y vaciló y... y tampoco, che, uno será exiliado, pero también tiene su corazoncito, y como ella andaba con los riñones malos y Gerardo con mala pata... Se acordó de los Testigos de Jehová, de los económicos y se decidió a escribirle a Alfonsín para pedirle ayuda.

En los dos edificios grises y en los cuarteles, felices bailaban un tango, subían y bajaban escaleras esperando su turno para nuevamente subir o bajar gobiernos. En la calle, con sus pañuelos blancos en la cabeza, un grupo de mujeres seguía gritando

Oeeeeee Oeeeeeeee

Juicio y castigo

Y ellos continuaban bailando mientras el tango se aceleraba y se aceleraba.

Oeeeeeee Oeeeeeeee

Los queremos vivos

Y ellos respondían en Sante Fe, Rosario, Tres Cruces, Apóstoles, fue una guerra y esa la ganamos. Jujuy, Jajaaaaay se reían en Crucificado, en Reducción, en San justo, en El Paso de Los Libres y esperaban su turno en San José de la Dormida, en Reconquista, mientras se lavaban las manos en Aguas Blancas.

Y subían y bajaban, reían y gritaban, las luces se prendían y apagaban y el tango continuaba

Verás que todo es mentira

verás que nada es amor

y al mundo nada le importa

Yira, Yira

y continuaba en el parque de atracciones más grande de Latinoamérica que Gerardo contemplaba como una pesadilla desde la

Feria del Libro. Y junto a los libros de argentinos, libros de cubanos, de uruguayos, de brasileños, de chilenos, todos esperando, esperando que alguien los comprara, esperando nuevamente poder circular libremente de mano en mano sin tener que esconder un poema de las armas, un verso de las llamas, una obra de teatro de la Santa Inquisición, esconderse al fondo de un baúl para atravesar una frontera.

Y entre ellos, los libros del Hacedor de Eclipses y sus maestros ensuciando la conciencia, volviendo irrespirable las esquinas donde agazapados se exponían. Entre risas y alcohol más de uno los compraba.

En medio de los visitantes de la feria un grupo de niños de la calle que había logrado burlar los controles, que recogía los restos de los choripanes, de las papas fritas, los huesos de los asados de tira, una que otra cartera, y uno de los cuales, maravillado frente a un libro de poemas ilustrado en cientos de colores no resistió la tentación y robó su derecho a la belleza.

Todos, público y dueños del stand miraron discretamente para otro lado y le cerraron disimuladamente el paso al policía que venía corriendo a restablecer el orden.

A esa misma hora, en Chile, una vez más no se lograba cerrarle el paso a los amantes de la seguridad y éstos raptaban y degollaban a tres jóvenes, por ser ellos quienes eran, por ser quienes eran sus familiares. Una vez más por el ejemplo.

Sí, se puede olvidar mucho, pero no todo.

Se puede perdonar mucho, pero no todo. Y no por venganza sino por la salud moral de la humanidad, por aquella necesidad que tiene todo ser humano de sentirse limpio.

Una vez más el Hacedor de Eclipses y sus secuaces le aguaron el vino cuando a las cinco de la mañana horrorizado al ver el titular compró un diario donde en primera página nuevamente aparecía Chile.

Nuevamente aparecía el crimen como si nada más se producjera en su país, la tinta estaba fresca. Al otro lado de la cordillera la sangre no alcanzaba a secarse.

Ese mismo día sacaron de la feria de una patada a los representantes del criminal y Gerardo lo sabe, esa no es la solución, así no hay que actuar, pero lo puede jurar: ¡Cómo respira la patita! Por ellos y por uno.

Cojeando fue a una fiesta del grupo de la formación romana en puerco espín, en un parque inmenso, de árboles gigantes, flores rojas, un prado verde que se perdía en la lejanía. Durante horas se perdió en la naturaleza buscándolos sin desesperar seguro de que los encontraría y que entre ellos estaría ella, un quiosco y sus empanadas.

Presidía el quiosco una anciana de pelo blanco (mitad por la edad, mitad por el dolor), de manos regordetas y generosas de campesina, de una mirada dulce y triste, cada vez más triste y dulce cuando levantaba sus ojos para mirar hacia la cordillera. A su lado un joven romano, sombrío, de tórax triangular tallado en piedra, bajito como un emperador, brazos moviéndose nerviosamente, ojos negros de mirar inquieto, mandíbula dura, su rostro marcado por el dolor y un enorme bigote a lo Jorge Negrete.

Gerardo se iba a acercar cuando vio cambiar el color de sus ojos y el tono de su piel oscura por aquel color que Gerardo conocía tan bien.

Lentamente el romano se levantó mientras sus brazos se alargaban hacia una pareja de niños que corrieron a abrazarlo. Tras ellos caminaba una mujer alta, bella, de cabellos largos y sedosos, colocando apresuradamente en sus finos dedos un anillo.

Una vez más Gerardo no supo dónde estaba, si en una fiesta campesina de América Latina o en una fiesta campestre de los alrededores de París donde algunos meses antes se había despedido de la pareja.

Al caer la noche logró recomponer las diferentes piezas del enigma. Ambos viajaron, ambos regresaron, ella autorizada, él en la lista maldita. Ella entró con sus hijos y él quedó al otro lado de la cordillera esperando, esperando que ella se moviera, esperando que las cosas cambiaran, esperando con mayor esperanza por estar más cerca.

Ella iba de oficina en oficina, de abogado en abogado, pidiendo, rogando, exigiendo y el tiempo pasaba mientras uno esperaba y esperaba al otro lado de la cordillera.

Su matrimonio, uno de los pocos que había resistido el exilio, explotó por lo que al otro lado de la cordillera la vida no espera y un día ella se quitó el anillo, no el último compromiso y se prometió luchar hasta hacerlo entrar y en ese momento, sólo en ese momento, cuando nuevamente él probara los frutos de su tierra devolverle el anillo y "Gerardo te lo juro: no es maldad, al contrario".

En ese momento comenzaron a cantar el himno nacional y a bajar el precio de las empanadas, signo universal de que las fiestas llegan a su término. Gerardo abrazó al romano al despedirse y guardó silencio. Miró lejos, muy lejos por sobre la cordillera y respiró al acordarse de que Dalibá no usaba anillo.

Metió sus manos en el bolsillo y se perdió en el bosque soñando una vez más con los pajaritos. Elaboró todo un proyecto de un encuentro de la cultura "por la democracia" a realizarse en Argentina (Gerardo no es rencoroso). En él deberían participar exponentes del teatro, cine, pintura, escritores, músicos, bailarines de los países que regresaban a la democracia como artistas del resto del continente; artistas exiliados en el mundo entero para reencontrarse con su continente, para intercambiar experiencias. Pensaba en un gran mural pintado por un representante de cada país (incluso el suyo) en el frontis de la academia de guerra, en los poetas uniendo sus versos en la cordillera, en los bailarines explotando de alegría en las calles, en la esplanada, zapatillas de ballet en vez de bototos de milico, el teatro nuevamente en fiesta, los músicos alegrando las plazas, todos juntos tejiendo una red de seguridad alrededor de los cuarteles. Todos juntos creando e intentando recrear la vida:

> Oeeeee Oeeeeee
>
> ¿Dónde están?
>
> Oeeeee Oeeeeee
>
> Los queremos vivos.

Pensó en dedicar un día a aquellos que no viven en democracia y pintar la cordillera de color esperanza.

Todo lo escribió, organizó, envió al hombre de teatro encargado de cultura del nuevo gobierno y esperó respuesta. Gerardo es soñador.

Si hasta pensó que ésta era la última oportunidad de salvar a Gonzalito, director de teatro argentino exiliado en Francia, que al regreso de la democracia se presentó de inmediato en la embajada a ponerse a su servicio y a pedir ayuda para montar la gran obra que el mundo esperaba en el momento en que todos miraban por primera vez con simpatía a su país. El nuevo embajador lo tomó del brazo y lo condujo a la puerta diciéndole:

—Gonzalito, pero qué oportunidad tenés, che viejo. Montá la obra. Contá con todo nuestro apoyo moral. Tenés al país detrás tuyo, Gonzalito.

Y Gonzalito cagó. Él, que había pasado quince años esperando el regreso de la democracia para poder crear hoy día se pasea por las calles de París la cabeza gacha repitiendo:

—Pero che, la media responsabilidad que me dieron. ¿Y si la cago? Cago al país entero.

Y así fue como en cinco minutos la democracia le jodió la psiquis y nuevamente se quedó sin poder crear.

Hombre de poca fe, incrédulo entre los incrédulos del mundo entero, pobre pecador que ha perdido la confianza, todo esto y mucho más se dijo Gerardo cuando a las nueve de la mañana le anunciaron un llamado telefónico con la respuesta tan anhelada.

Sí, su camión lo esperaba, le daban tres días para abandonar el país y colmo de la gentileza le ponían un guardia para indicarle el camino.

Ese día preparó el viaje paseando por Buenos Aires, visitó el Obelisco que amaneció lleno de nombres de torturadores. Nombres de militares, nombres de civiles, de abogados, de médicos, de psicólogos, de dentistas, de sacerdotes. Vio a algunos acercarse para añadir un nombre más, a otros, inquietos, verificar si el suyo ya estaba en la lista, vio a otros aplaudir. Junto a miles fue al Pa-

lacio de Justicia y los vio entrar sin la arrogancia que los caracterizaba, la cabeza gacha, escondiéndose como criminales. Sí, ese
día comenzaba el juicio contra las tres últimas juntas de gobierno,
es decir solamente contra nueve generales. Y en el Obelisco la
lista continuaba creciendo.

En la noche una vez más escuchó los bombos, graves,
llamando a las conciencias:

Oeeeeeee Oeeeeeeee

Y encabezando la marcha, ellas, las madres, las abuelas,
con sus pañuelos blancos y las fotos una vez más tomadas firmemente, una vez más en las calles pidiendo, exigiendo:

Oeeeeeee Oeeeeeeee

Justicia.

Al terminar la marcha, Gerardo se dirigió a su guardia y caminando hacia el camión le preguntó cuáles eran las reglas de
tránsito en Argentina.

—El más valiente pasa —fue la respuesta.

Gerardo se acordó de su cobardía natural y se dijo tristemente:

-—Mierda, jamás saldré de Buenos Aires.

Miró el camión y sonrió tranquilo recordando ese viejo dicho
popular: "lo que natura non da, la hojalata lon presta".

Se sacó la chaqueta, estiró los dedos de los pies, abrió el
manual de instrucciones del camión y comenzó a buscar el botón
de arranque. El guardia transpiraba frío, Gerardo transpiraba caliente. Logró hacerlo andar, dio una vuelta al Obelisco y se decidió
a salir del país en el plazo indicado por las autoridades así tuviera
que aplastar a la mitad de los milicos que se le pusieran en el ca-

mino y dejar despoblados los cuarteles arriesgando con ello que le dieran el premio Nobel por servicios prestados a la humanidad.

Los tomates lo llamaban desde el borde del camino, el humo de los asados atravesaba la ruta cual una espesa neblina obligándolos a detenerse, la pampa se abría delante de ellos, la cordillera los contemplaba amistosamente, sólo las risas que salían de los cuarteles de milicos, de los cuarteles de funcionarios, eran agresivas.

Lejos atrás quedaba su bandera guardada por manos cariñosas, esperando salir a pasear al Obelisco. Y en cada casa de chileno en Argentina había un obelisco chiquitito con el nombre de sus torturadores.

Dos veces salió la luna, dos veces salió el sol y la segunda, Gerardo paró en seco el camión maravillado frente a la visión de un enorme bosque de tamarugos cubiertos de telas de araña que retenían las gotas de rocío en las cuales como miles de diamantes se reflejaban los primeros rayos de sol partiendo en todas direcciones para perderse en medio de las ramas. Otros rayos golpearon las lágrimas que cubrían las mejillas de Gerardo. Sí, pese a todo estaba nuevamente en su continente.

Al tercer día llegaron a La Quiaca, la frontera. El guardia, otro enfermo de los riñones, se bajó a mear, agarró a dos manos los billetes verdes y riendo cruzó el puente para prevenir a los guardias bolivianos. En Buenos Aires la coja zapateó hasta con las orejas cuando se enteró de que su víctima se le había escapado.

Jacques, su copiloto, se bajó a estirar las piernas, dio sus últimos pasos de tango y comenzó a aprender a bailar huaynitos.

*Güelcom tu la Bolivia*, se leía al otro lado del puente. Una llama miraba tristemente el cartel mordisqueando unas hojas de coca.

—Los istábamos ispirando hirmanitos puis —les dijeron los guardias. Jacques los abrazó convencido de que la situación había cambiado.

Y tenía razón, después de que mostraron la carta del agregado cultural de Bolivia en Argentina solicitando que les permitieran entrar sin poner problemas, los papeles europeos, los pasaportes, las críticas de prensa, que explicaron una y otra vez que las placas del camión eran raras por lo que en Francia eran raros y las hacían así y no como en Bolivia, después de que mascaron y pagaron la bola de coca de la amistad, las autoridades se reunieron y se enfermaron de los riñones: les dieron ocho días para abandonar el país por Desaguadero y les pusieron dos guardias para que gentilmente les señalaran el camino.

Sí, la situación había cambiado, estaban a cuatro mil metros de altitud sobre el nivel del mar y mucho más estrechos en la cabina del camión. Los guardias subieron dos saquitos con piedra volcánica y sus respectivos dos sacos de coca a la cabina y dieron la orden de abandonar el caserío.

La llama miró pasar el camión, observó a sus ocupantes, observó las placas, miró nuevamente el cartel de bienvenida a su país, se rascó la cabeza con la pata, se cortó las venas y se fue caminando lentamente a morir en el Illimani.

A lo lejos el altiplano se perdía, gris azulado, de pasto seco y atractivo como lo puede ser un paquete de agujas apuntando al universo, sin embargo generoso ya que de él se alimentaban las llamas que aparecían dispersas y perdidas en la inmensidad. El cielo, de un azul intenso, luminoso, sin una nube.

De un azul que Gerardo no había visto desde su estadía en La Paz años antes cuando en medio del combate en defensa del gobierno de Juan José Torres se quedó parado a riesgo de su vida contemplando el cielo y las primeras luces de la noche sorprendido de ver que no tenían aureola.

Entre él y las luces, entre él y el cielo no había nada, solamente aire puro que le quemaba la cara. Entre él y la democracia había miles de milicos que en Bolivia practicaban alegremente el deporte nacional, más tarde deporte continental, el salto con valla a la dictadura. Milicos detentores del récord mundial de golpes de Estado al año.

Sí, Gerardo había combatido, y si no lo confesó cuando amablemente se lo preguntó un inteligente de la eclipsatura fue por lo que la pregunta estaba mal planteada: —¿Ayudó, usted...?

No, más bien en el estilo: —ahora vai a ver concha'e tu madre, hijo de puta —y Gerardo puede jurarlo, su madre no conoce ni de lejos a la madre del capitán-general— conque ayudaste a derrocar un gobierno democrático en América Latina.

Como ven, muchos errores juntos. No, Gerardo tiene su corazoncito a la izquierda como todos los hombres decentes del mundo, y al decir hombres es genérico, se refiere a todos los seres humanos, hombres y mujeres del mundo, a todos, salvo los militares. Y si ayudó, fue más bien a defender un gobierno y si combatió fue arrastrando un viejo máuser (recuperado al ejército de Chile en la época de gran banditismo de la guerra entre su país y la confederación Perú-Boliviana), buscando una bala para por lo menos poder decir algún día que había disparado desde el cielo.

Por primera vez la izquierda le había entregado un arma y Gerardo aún no podía saber que los comerciantes de la muerte venden armas con balas a la derecha y armas sin balas a la izquierda; fue mucho más tarde, en el 73, que lo comprendió.

Y así pasó todo el día en su primer combate por la democracia. En total recogió tres piedritas, una papa vieja, una coronta de maíz. Se sentó a tomar chicha de jora con las cholitas, miró el Illimani, aprendió estrategia militar escuchando la radio:

"Atención, Oruro. Atención Oruro. Cien pies marcha lento pero seguro llevando los refuerzos, hermanitos puis. Repetimos, cien pies..."

Algún acesor extranjero escuchaba la radio en el campo enemigo y logró descifrar el mensaje ya que a cincuenta kilómetros de La Paz le volaron la raja al tren y hasta ahí no más llegaron los refuerzos.

Gerardo, por joder, había escrito un papel en el que a modo de testamento pedía, en caso de ser muerto en combate, que lo enterraran de pie junto a su máuser. Eso lo exigía y más abajo les rogaba que fueran tan amables si encontraban una balita perdida, de meterla en su tumba para que las generaciones futuras no se rieran de un director de teatro combatiente.

Entre él y el cielo, nada, y en el cielo la luna. A las cuatro de la tarde la luna llena, azul, en relieve, al alcance de los dedos, observando el altiplano, observando el sol, riéndose de aquellos que gastaban millones para observarla cuando es tan simple ir a Bolivia y perdidos en el altiplano a las cuatro de la tarde levantar la vista al cielo.

Gerardo pensó en Dalibá, la luna le cerró un ojo avisándole

que Melina iba bien, que ella se encargaba de calentar con sus rayos durante la noche el vientre de su madre y transmitirles el pensamiento de su padre.

Ella fue la primera que le habló de un tal Pérez que allá lejos preparaba una troika, el primero que se planteaba seriamente desarmar el mundo. Gerardo se alegró y se prometió escribirle para felicitarlo (otros decidían al mismo tiempo, en homenaje, cambiar el apellido de González a Pérez) y soñó con el día en que el trabajo estuviera realmente terminado y toda esa tela que inútilmente se gasta en capas y uniformes se destinara a cubrir el cuerpo de los miles y miles de niños que tiritan de frío en el mundo. En que la enorme cantidad de cuero que se gasta en las botas se use para cubrir los pies descalzos, para protegerlos cuando vayan a la escuela, aquellas construidas lejos de los que fueran los cuarteles, para impedir la tentación de que alguien nuevamente les enseñe a marchar.

Gerardo casi tocó los pajaritos de la leyenda y si hoy puede contar la historia es gracias a los dos guardias bolivianos que de un solo grito lo despertaron al borde del fin del mundo. No, al borde del altiplano cortado a pique.

Jacques saltó del camión y extendió los mapas argentinos sobre la espalda de una llama intrigado por la brusca desaparición del camino pese a que en el mapa estaba claramente marcado como ruta pavimentada y no ripiada, los dos únicos tipos de caminos que aparecían dibujados en toda América Latina. Y como no todos los cartógrafos son deshonestos, en letra pequeñita, muy pequeñita alguien había añadido que en algunos casos en vez de leer caminos de primera y de segunda, había que leer caminos de última y penúltima categoría y que ellos se limitaban a transmitir los datos oficiales entregados por los diferentes gobiernos especializados en inaugurar puentes y caminos jamás construidos pero los dineros, eso sí, abundantemente gastados.

Esto para los latinoamericanos porque para los gringos estaba marcado en inglés: Pan American Highway y en el segundo tipo de caminos, Secundary Roads.

Se acercaron al borde del precipicio y a cientos de metros se lograba distinguir un río que caracoleaba entre las rocas, entre las llamas, entre árboles verdes y arbustos de coca.

Los bolivianos les quitaron el mapa, lo doblaron, empujaron una llama por el borde del precipicio, subieron al camión y les indicaron que la siguieran.

Gerardo maldijo al Hacedor de Eclipses y se rio bajito pensando en su amigo francés, camionero de profesión, que durante quince días le dio lecciones teóricas de cómo se maneja un camión pesado como el suyo. Se echó un puñado de hojas de coca a la boca y pasó la primera. Bordeando la montaña encontró un sendero, una huella, para ser más exactos, una intuición, una sospecha de ruta. Y seña de la modernización, al igual que en las autorutas europeas, una flecha indicaba la dirección. En la cola de la llama había dibujada una flecha azul.

Expiraron (no de estirar la pata sino de botar el aire) para hacerse más delgados, Jacques pateó las ruedas de su lado para que entraran en el camino y solamente a los cinco minutos de descenso se escuchó la voz de éste para decir, por primera vez en un perfecto castellano:

—Gerardo, a mi lado se perdió el camino.

A partir de ese momento ni siquiera respiró, sacó la cabeza por su ventanilla, miró hacia abajo, al vacío y clavó su vista en un cóndor que planeaba algunas centenas de metros bajo el nivel del camión.

—Filicitaciones, hirmanito puis —exclamaron los dos guardias bolivianos al llegar al río, exclamación tapada por dos enormes puaffff, uno a cada lado del camino, cada uno detrás de su respectiva mata de coca, uno de Gerardo, otro de Jacques.

Dos puaffff acompañados de dos bummmmm de dos de las ruedas traseras del camión. Y ahí se prepararon a pasar la noche en espera de alguien que los llevara al próximo caserío a arreglar los neumáticos. Sí, estaban en Bolivia.

Dos noches más tarde, cuando corrigió no sabe si un error o un robo descarado de los franceses sin poder explicarse cómo siendo europeos se las ingeniaron para guardar la presión del aire sin colocar cámaras en los neumáticos, siguieron su ruta. —Aquí hay colombiano encerrado —se dijo Gerardo.

Bordearon el puente para vadear el río. Pese a que en él un cartel de grandes letras decía: peso total 20 toneladas, el puente tenía una cara de peso total: dos llamas a veinte kilos cada una. Comenzaron a subir el otro lado de la cordillera, arriba, a lo lejos se divisaba un cóndor.

Jacques intentó sacarle una pluma de la cola cuando demasiado curioso se acercó a mirarlos. Estoy seguro de que es chileno, pensó Gerardo, por lo curioso y por lo triste de su mirada. Antes, en la época en que los cóndores no se asilaban, eran esbeltos, de un plumaje resplandeciente, una bufanda de plumas blancas como la nieve al cuello (envidia de los argentinos), sus ojos brillantes, la cresta roja ladeadita, el pico acerado y el cuello erguido de aquel al que nunca nadie doblegó.

Con la llegada del Gran Eclipse muchos de ellos tuvieron que dejar el país. Un jote que los vio pasar se disfrazó con plumas plásticas para pedir asilo, gesto no muy noble pero en todo caso más ubicado que el del gato que llegó corriendo hasta Holanda por haber participado en un congreso de perros. Gato que observaba de lejos el desarrollo del congreso cuando uno de los vigías gritó fuertemente: —Atención, la perrera—, y quedó la desbandada. Todos los perros corrían y se escondían por todos lados. Entre ellos el gato, que al llegar a Róterdam se paró en seco maullando:

—Y qué mierda hago aquí, si yo soy gato.

Gerardo había tomado la costumbre de ir a visitar a uno de estos compatriotas que vivía encerrado en una celda del campo de concentración del zoológico de Vincennes. Con tristeza vio cómo poco a poco perdió primero el color de las plumas, luego gran parte de ellas. Su bufandita se aplastó, se arrugó, se peló por partes y ya no le protegía el cuello dejándolo a la merced de unas feroces amigdalitis en los fríos inviernos de Vincennes. La cresta roja se volvió morada y ya no estaba ladeadita sino que claramente caída sobre un ojo, el cuello se le iba hundiendo cada año un poco más en el cuerpo y poco a poco fue perdiendo el idioma hasta que llegó un día en que no pudo hablar con su compatriota y miró triste y extrañado sin reconocer a ese individuo que le cantaba canciones tan extrañas. Gerardo nunca más regresó al zoológico.

Paró el camión para saludar a su compatriota. Los bolivianos gritaron en aimara, en quechua y en castellano saltando del camión por sobre el pobre Jacques en el momento en que el vehículo comenzaba a partir hacia atrás. Gerardo intentó pasar la primera pero le fue imposible, los frenos cada vez resistían menos. Jacques saltó a su vez del camión. Gerardo miró al cóndor para despedirse, el freno continuaba soltando aire y el pedal bajando hacia el piso, cuando por el retrovisor vio aparecer a los guardias bolivianos con unas enormes rocas, a Jacques con una roca minúscula (estaban a cuatro mil quinientos metros) para colocarlas en las ruedas traseras y detener la marcha del camión.

Los cuatro parecían llamas acurrucaditos mascando hojas de coca. Gerardo descubrió que el camión tenía el mismo poder del escenario: lograr lo imposible, cambiar la máscara impenetrable de los dos indios bolivianos.

Una vez recuperada la calma y la máscara por los dos amigos le dijeron con voz serena que no volviera a hacer la gracia, que la próxima vez no pondrían las rocas, que por el momento se quedaban abajo para volver a colocarlas si era necesario y para luego arrojarlas al precipicio por respeto a la vida del próximo que pasara. Le indicaron que hiciera marchar el camión y que una vez andando ellos subirían corriendo, que no se preocupara, que no podía ser de otra manera, que ellos estaban acostumbrados. Jacques, para no ser menos, se quedó abajo con ellos agarrando su piedrecita.

Gerardo consultó el manual, pasó la primera y partió. Al tercer intento logró que el camión comenzara a avanzar lentamente, muy lentamente pero en forma regular.

El cóndor aleteó en señal de despedida. Quince metros de altura más allá, a 4.515 sobre el nivel del mar, apareció la cabeza del primer boliviano quien gritó "¡Jesusito!", saltó y cayó en la cabina. El segundo gritó "¡Pachacamac!", saltó y cayó en la cabina. El tercero en saltar, Jacques, gritó "Merde!" y su cabeza apareció por la ventanilla del camión para enseguida desaparecer en medio de un grito que retumbó en el precipicio prolongándose por las montañas, grito de horror de un francés gritando como latinoamericano.

Gerardo paró el camión, apretó desesperadamente el freno y los dos guardias saltaron para buscar piedras. Por el retrovisor se veía solamente el vacío.

Un siglo más tarde Gerardo logró controlar sus rodillas, borrar de sus oídos el ruido de crujidera de huesos que sintió al parar el camión y bajó con una bolsita plástica a recoger lo que quedaba del amigo.

Y ahí estaba el pobre Jacques sentado al borde del precipicio, descalzo, con los ojos abiertos mirando al vacío, una pierna colgando, el pantalón destruido, sin pronunciar una palabra.

Al parecer, al fallar su salto, su pie golpeó contra la rueda delantera proyectándolo normalmente hacia el vacío, el cóndor aleteó al mismo tiempo proyectándolo milagrosamente hacia la mitad del camino justo en el espacio que permitió que el camión pasara por sobre su cuerpo sin volverlo papilla.

Un zapato continuaba rebotando en la falda de la cordillera perdiéndose en el vacío. Gerardo no cree en el Dios de los cristianos, tampoco cree en el Dios de los indígenas, pero frente al milagro se arrodilló en medio de la cordillera de los Andes para dar gracias al Merde, Dios de los franceses.

Los indios sacaron lo que quedaba de calcetín, Gerardo movió el pie para ver si no se le caía y observó espantado a los dos bolivianos que mascaban hojas de coca para luego escupirlas sobre toda la zona que había quedado sin piel. Mascaban y escupían, una llama que observaba se aprovechó de la ocasión para pegar su escupitajo. Mascaron y escupieron hasta cubrir gran parte del pie salvo los dedos. Ahí Gerardo los paró pensando en salvar al menos algo del amigo para poder enviar al Centro Cultural Gérard Philipe en Champigny como recuerdo.

Lo vendaron con el trapo que usaban para medir el aceite, lo sentaron al medio en la cabina y nuevamente prepararon la ceremonia de la partida.

Miles de horas más tarde, cientos de subidas y bajadas, ocho ríos (entre los cuales dos crecidos) y miles y miles de jarritos de petróleo comprado en las chozas al borde del camino, llegaron a una ciudad. Ciudad con todo, calles, luces, llamitas verdes, amarillas y rojas en las esquinas dirigiendo la circulación e incluso lo más importante para ellos en ese momento: un hospital.

Bueno, un hospital latinoamericano, bueno, dentro de América Latina, un hospital boliviano y hasta él llegó Gerardo cargando en sus espaldas a Jacques, que feliz como un niño gritaba: —arre, arre llama.

Estaban a 4.200 metros.

En la puerta de la elegante choza había un grupo de indias acuclilladas frente a un braserito de greda donde quemaban figuritas de azúcar representando bicicletas, llamas, corazones, ojos, hombres y mujeres. A pedido del cliente sacaban las figuritas de su sexo levantando las siete polleras mágicas de las machis. Desgraciadamente para Jacques, no tenían figuritas de camiones.

Al interior tendieron al accidentado en la mesa de las parturientas y riendo lo desvistieron para examinar tan raro ejemplar.

Desamarraron el trapo, sacaron las hojas de coca y al contrario de lo que Gerardo esperaba la herida estaba rosada, lisa, impecable y no llena de gusanos. En cambio los dedos que protegió de la infección estaban hinchados como empanadas chilenas.

El médico limpió la zona con alcohol (había hecho un doctorado en La Sorbona), le puso unos polvitos de alas de mariposa, mascó unas hojas de coca, las escupió sobre los dedos y vendó todo con un trapo limpio.

Arre, arre llamita, corrían alegres por las calles de Cochabamba a cuatro días de vencerse el plazo para abandonar Bolivia y a 511 kilómetros de la frontera. Pese a todo habían conquistado la mitad del camino.

En Caihuasi pese o gracias a los dedos todavía hinchados el copiloto pudo nuevamente conducir y acelerar la velocidad de crucero del camión. En Caracollo al anochecer ya pudo bajar a revisar un puente y buscar, como era su costumbre, el mejor lugar para atravesar el río en toda seguridad. En Caracollo Gerardo comprobó que nuevamente podía correr cuando luego de perderse en la noche lo vio regresar corriendo a la velocidad de un rayo y saltando en una sola pata gritando: —*Au secours, au secours! Le loup, le loup!*

Gerardo puso las luces altas del camión y a cien metros de distancia distinguió por el suelo la figura de un indio enrollado en su bicicleta, temblando de miedo y gritando: —¡Socorro, hirmanitos, si mi aparició il Maligno!

Y un amanecer llegaron a La Paz, bordearon el Alto a 4.065

metros mirando abajo en medio de un enorme hoyo, la capital. Dejaron el camión arriba y bajaron a pie en medio de los indios y de elegantes cholitas que iban de fiesta. Preguntaron qué día era.

—Primero de mayo —les respondieron, invitándolos a marchar con ellos.

Gerardo buscó en el desfile sus amigos de antaño y en medio de tanto rostro curtido, de tanto rostro tallado, de los mineros con sus cartuchos de dinamita, de las cholitas con sombrero nuevo y miles de cintas multicolores en las trenzas no encontró a nadie. Sí, encontró a una, ella, perdida en medio de las otras, tolerada en público ese día por lo que ese pueblo sabía que abajo en la cordillera los mismos enemigos, aquellos que bajo su sombra les robaron el mar, estaban apaleando a sus hermanos que a esa hora se atrevieron a sacarla.

La mayoría bailaba huaynitos, la humilde familia que la llevaba cantaba una cueca de esas de punta y taco. Gerardo se alejó zapateando.

Jacques se alejó en medio de la multitud gritando —*Vive la révolution!*

La multitud le respondía a coro —¡Viva!

—Hablan francés —murmuró con lágrimas en los ojos, y se puso a explicarle a una cholita que allá lejos en su patria en esos momentos se preparaban también para desfilar de la Bastilla a la República.

—¿Ripública? —preguntó la cholita, para inmediatamente gritar un nuevo viva. Jacques se encontraba a 6.065 metros de altitud.

En la noche observó por última vez las luces de la ciudad, se entretuvo mirando el filamento de las ampolletas y descubriendo la marca del fabricante (eran los mismos, en eso no había cambios en su querida América Latina), se sentó en el reborde de la catedral junto a los indios a tomar chicha y comerse un rostro asado: cabeza de cordero que arrojan con piel sobre las brasas, donde la cubren con ceniza y dejan cocer hasta que la piel quede completamente carbonizada y se abra para entregar su tesoro.

El gusto tampoco había cambiado y la carne continuaba fundiéndose en la boca, la chicha morada de maíz protegía su paladar de la grasa hirviendo y permitía al aroma de las hierbas del altiplano difundirse en toda la boca.

En otra parte de la ciudad, sentados en sillas se comían el resto del cordero, pero sin el mismo apetito. Esos no habían desfilado.

El humo subía dificultosamente por las faldas de la cordillera para luego dispersarse en la inmensidad del altiplano. Abajo la ciudad dormía cuando una vez más el camión se alejaba llevando a Gerardo y sus sueños.

Una llama solidaria que a cincuenta kilómetros de la frontera dormía atravesada en el camino intentó retenerlos negándose a abrir paso. Los guardias cumplieron con su deber. Al día siguiente una vez más en el altiplano las aves de rapiña se disputarían con los niños un trozo de carne.

Llegaron al Titicaca. No, para ser precisos el Titicaca llegó hasta ellos un amanecer cuando desbordado por el agua de las lluvias cubrió los caminos intentando escalar aún más alto la cordillera. Fenómeno que se produce cada 1 013 años y como la tradición lo exige, ese día se declara día del amor, día de fiesta en la región.

Los indios abandonan sus arados de madera, las indias dejan a un lado las ruecas que llevan amarradas al cinto, los niños dejan pastar las llamas, todos se visten con sus mejores trajes, nuevamente salen los tejidos que esconden celosamente del extranjero y cuyas hebras entrelazadas cuentan la historia de ese pueblo, nuevamente las cintitas en las trenzas, lavan las ojotas y bajan al lago a bailar.

El lago entrega por una vez sus frutos y por un año los deja pescar sin cobrar el sacrificio exigido. Las truchas saltan del agua al aceite hirviendo de las sartenes no sin antes dar una vuelta entera en el cántaro de greda que contiene los aliños. Los dientes de ajo ríen conquistadores a las cholitas vistiéndose ellos también de colores, dorando su cuerpo al ritmo de las canciones del aceite.

Una vez cada 1 013 años la pesca es milagrosa y la carne tan tierna. Solamente ese día las autoridades pueden acordar cuatro horas más de estadía al extranjero y rompiendo la tradición antes de expulsarlo del país le cobran lo que el lago perdonó.

Atrás quedaba un pueblo en fiesta, último derecho que les dejaron. Lejos, perdidos en la cordillera los mineros abandonaban las minas para bajar al Beni las manos libres y no esposados como tradicionalmente los conducían los soldados. Bajaban junto a sus familias sin que esta vez los apuntaran los fusiles, convencidos por el hambre a trabajar en los campos de concentración de los narcotraficantes.

Más cerca, en el Palacio Quemado, el Presidente, el ministro del Interior y el Comandante en jefe de las Fuerzas Armadas, firmaban con el representante de los Estados Unidos un nuevo tratado para combatir la plaga. El gringo nunca se dio cuenta de que estaba sentado en una silla hecha en madera de árbol de coca, que la mesa de gobierno estaba hecha en madera de árbol de coca, que la lápicera en plástico con que firmó el tratado imitaba las vetas de la madera del árbol de la coca, que los polvitos blancos que echaban sobre el tratado para secar la tinta no respondían a una tradición impuesta por los españoles como creía sino a una tradición impuesta por los narcotraficantes y que la felicidad que sentía no era la del deber cumplido sino la de haber aspirado demasiado fuerte el aire del palacio.

Gerardo comprobó en carne propia en los dos primeros países que la corrupción va de arriba hacia abajo, de abajo hacia arriba, siempre presente como la cordillera pero sin la belleza y la dignidad de ésta, que lo único que varía es la cantidad exigida y la calidad de los argumentos. Desde el simple apuntar con la metralleta hasta el cobrar por una firma o un llamado telefónico a un personaje importante que él sí va a arreglar la injusticia. Más adelante lo ratificaría en los otros tres países que cruzó y eso que el Hacedor de Eclipses no lo dejó entrar a Chile.

Todos ellos hablaban de honestidad y de luchar contra la nueva plaga de Egipto, todos juraban no estar comprometidos pero nadie se atrevía a mostrar sus cuentas bancarias (de ellos y sus señoras), las del país, las de Panamá, las de Nueva York y las de Suiza. Nadie quería comparar el tren de vida de tantos honestos funcionarios con el mísero salario que ganaban al servicio de la patria y de la justicia. Nadie preguntaba por los departamentos, casas de campo, autos último modelo. En Colombia llegaron a construirse un edificio especial en el centro de la capital (Residencias Telquedamás, le pusieron por nombre) donde protegidos por guardias armados y por aparatos electrónicos, esos generales, altos funcionarios y bajos traficantes mantenían departamentos de negocios. Departamentos que pagaban con gran sacrificio sacándose el pan de la boca ellos y sus hijos, departamentos que les costaban 150.000 pesos mensuales a ellos a quienes el Estado pagaba sólo 100.000 pesos al mes por sus servicios.

Sacrificios con carne humana como lo exigía la tradición, sacrificios que en esa zona del altiplano continuaban practicándose día a día. Al otro lado de la frontera los esperaba en uniforme un sacerdote de la nueva-vieja religión, el ejército había ocupado la zona. Nuevo Teatro Los Comediantes se leía en los lados del camión, entraban a la región en que actuaba Sendero Luminoso. La cordillera se oscureció en ese lado. Una vicuña se paseaba con un chaleco parabalas, al parecer también era parte de la obra.

Gerardo puede aceptar ver hasta un teatro malo, pero bien intencionado, eso sí diciéndolo en voz alta si se lo permiten, hecho seriamente, lo que no quiere decir gravemente, sin humor y sin placer. Ese tipo de teatro torcido en que desde el comienzo en los ensayos el director plantea juegos que le permiten gozar viendo sufrir a los actores, exorcizando los sentimientos y el objetivo final es claro: mostrar un camino. Pero hace muchos años Gerardo se prometió jamás callar frente al dolor, jamás hacer sufrir a alguien sobre escena y si ese alguien no le daba la danza del cisne darle belleza a la danza de los patos. No esconder a sus actores en la masa, en el grupo para lanzar la réplica. Al contrario permitirles tener la escena, mirar al público y ahí a la vista de todos lanzar su parlamento. Pero en el teatro como en la vida las buenas intenciones no bastan, hay que ver el resultado, y el aceptar verlo y callar es complicidad y si Gerardo pensaba en esto era por lo que el sendero se había oscurecido en ese lado de la cordillera.

El viento comenzó a soplar cuando iban en el medio de la tierra de nadie que separa los dos países, un viento similar al que Gerardo escuchaba en su niñez en el cerro Ñielol cuando comenzaba lentamente como un juego a pasear entre los árboles a la caza de dihueñes y copihues. Cuando más al sur se deslizaba entre los lagos para perderse en los bosques vírgenes en busca de una doncella para juguetear entre sus muslos. Siempre jugando, hasta el momento en que sin conciencia de su fuerza arrancaba las primeras ramas, los primeros techos, azotaba el agua de los lagos y los ríos sacándolos de su lecho —amante despechado— para correr feroces en medio de los campos.

En aquella tierra de nadie no había árboles para calmarlo y el único refugio conocido era el parar de inmediato para protegerse tras una roca tapado con una llama en espera de que el viento cobrara su presa y se calmara. El pobre camión se agarró a la roca con sus seis ruedas luchando desesperadamente para no volver atrás, resistiendo con el valor que le daba el saber que si retrocedía y retrocedía se encontraría nuevamente en Argentina.

El viento se encarnizó con sus costados y se llevó volando el Nuevo Teatro del cartel, pero esto y su destino mágico lo descubrirían al aplacarse la tormenta, viento de tormenta que lo arrancó de sus sueños para mandarlo a una pesadilla del futuro al encuentro de un marino patiperro como lo son tantos en su pueblo.

Gerardo viene de un pueblo de marinos acostumbrados a las milenarias tormentas del Cabo de Hornos que hicieron temblar a los descubridores, pueblo de gente curtida por el mar, la piel rugosa sobre la que resbala el agua, gente acostumbrada a caminar sobre la cubierta jabonosa de agua de mar mezclada con la sangre de los cachalotes. Gente ruda que va de puerto en puerto bebiendo ron o aguardiente, contando historias de naufragios alrededor de una botella de vino navegado.

Gente respetuosa de la vida y del mar. Sin embargo la última tormenta que desató en su país el Hacedor de Eclipses fue tan fuerte que más de uno de ellos perdió la brújula y se extravió en la noche del exilio. Sin saber qué vientos lo empujaron, botanto su grueso capote marinero, uno de ellos aterrizó en las playas de un puerto europeo. Vio a sus compatriotas tambien traídos por la tormenta y decidió sacarse su blusa a rayas y las botas de caucho. Pidió asilo y no logrando ubicar el porqué de la tormenta, quizás por lo que estaba en tierra y no en su elemento, su mente se extravió en los orígenes y escribió a la patria pidiendo ayuda. Escribió su plegaria sobre una gaviota y la envió al puerto milenario de las siete montañas que acoge desde sus miles de ventanas, los pañuelos en el aire, a los viajeros.

Había escuchado hablar de las persecusiones en la universidad, se trajo entonces a la hija para pedirle que declarara frente a las autoridades que a ella también la habían tomado presa preguntándole por su padre. Vino, lo juró y estaba dispuesta a firmar si los encargados de otorgar refugio no hubieran sospechado que sus frágiles 14 años no correspondían con el último año de un "dotorado en arimética" como declaraba.

Temeroso de una negativa, el marino mandó una segunda carta dirigida esta vez al hijo hombre rogándole inventara una historia; inventara por ejemplo que lo detuvieron una fría y negra noche para torturarlo interrogándolo sobre su padre, ese peligroso, cada vez más peligroso, hombre de izquierda.

En la posdata le rogaba, que frente a la desconfianza de las autoridades europeas, fuera a la Vicaría y pidiera se presentara un recurso de amparo en su favor en que la falsa-historia-verdadera apareciera para enseguida venir a verlo con una copia (por favor firmada y certificada) y esta vez sí pudiera gritar sobre los viejos techos de otro puerto amable, que él sí era político y tuvieran que acordarle el refugio tan anhelado.

Maldito sea el Hacedor de Eclipses que cambió hasta las raíces de un marino de mi pueblo, que obligó a un pobre hombre desesperado a arriesgar la vida de su hijo para lograr una ayuda caritativa y un papel de residencia.

Maldito sea el Hacedor de Eclipses que obligó a un viejo hombre de mar a bambolearse triste en los muelles secos para siempre para él, la cara frente a la brisa marina que se llevó por la eternidad su sonrisa, paseando con un permiso de residencia en el bolsillo sin poder atravesar el mar para ir a colocar una flor sobre la tumba de su hijo. Sabiendo en lo más profundo de su alma de marino que había vendido por un plato de lentejas las leyes del mar y de la vida.

En la cordillera el viento se cansó de jugar a la tormenta, había cobrado una nueva víctima. La vicuña le lamió la mejilla despertándolo justo a tiempo para ver el arco iris que naciendo en Machu Picchu desaparecía en el lago Titicaca como los últimos metros de la tierra de nadie desaparecían tragados por el camión.

Llegaron un día de mercado, los indios habían bajado de Yanacoa, Combapata, Yaurio, Ayaviri, Tirapata, Quillabamba, Paucartambo, Machu Picchu, cargando sobre sus espaldas sacos de rocotos, de chuño, de raíces, de tomates, de lana, carne de llama secada con sal al aire, al sol y la luna, pescados secos cargados por manos secas y rugosas.

Los más ricos bajaban arreando sus llamas cargadas con los frutos que arrancaban a esa tierra árida, a esos costados de la cordillera que habían transformado en escaleras monumentales para retener el agua, para retener la tierra, para retener la vida y poder alimentarse.

En un comienzo acarrearon sobre sus espaldas las enormes piedras arrancadas a la montaña, piedras que acumularon con amor una sobre otra para construir sus templos, sus ciudades siempre escondidas de la vista de los demás mortales pero abiertas a la vista del cóndor. Sus pies cansados abrieron grandes caminos hoy perdidos, su sudor pavimentó con la sal y el agua en las innumerables idas y venidas las rutas secretas trazadas por los sacerdotes.

Afortunadamente llegó el conquistador, el soldado, el sacerdote a sacarlos del error, de la ignorancia, a destruir rápidamente toda esa cultura de salvajes y a llevarse todo lo que brillaba, no por robo, sino para impedirles caer nuevamente en la tentación. Afortunadamente llegaron para enseñarles que la palabra dada no se cumple, que todo es del más fuerte, que el robo es la ley suprema de la nueva religión, que el hombre nació para comerciar.

Pobre pueblo primitivo, dónde estaría hoy si no fuera por sus benefactores, santos que los arrancaron de la felicidad pagana para que ganaran con el sufrimiento el reino de los cielos. Y por todo lo que sufren y por la altura en la que viven, escalarán los más altos puestos al lado de Viracocha Jesusito, así se lo prometieron. Amén.

Hoy la cosa había cambiado, eran los soldados de su pueblo los que venían. Para ese día de mercado habían subido para robarles las ganancias, los soldados de las diferentes guarniciones; de Puno, de Cuzco, de Arequipa a sumarse a aquellos estacionados en la frontera.

Con sus armas al hombro o simplemente con sus gruesas botas militares se paseaban entre los indios acuclillados al borde de las veredas donde habían extendido un paño de múltiples colores, tejido a mano, hecho con lana de llama o de vicuña, mil veces mejor conservado que sus andrajos y sobre el cual ponían con amor los frutos de su tierra, los tarros de hojalata conteniendo la chicha de maíz, los braseritos sobre los cuales se doraban los chicharrones.

El papel de diario chorreaba de grasa recibiendo los rocotos rellenos de arroz con carne de llama unidos en matrimonio por trocitos de cebolla dorada como el sol en una manteca de cerdo roja de aliños, roja de amor, roja de vergüenza al ver a los ladrones.

Las cholitas jóvenes habían subido sus siete polleras a la altura de las rodillas, abierto sus blusas para dejar ver sus pequeños senos color tierra, el cuello marcado por las vetas del sudor que caía como flechas indicando la dirección del fruto ofrecido. Cada tanto un militar las empujaba tras los sacos de papas de donde volvían arreglando sus polleras, limpiando su sexo con un papel, las trenzas deshechas, sus ojos almendrados más pequeños, más tristes y tardaban un segundo en volver a sonreír, en mover sus caderas al ritmo del viento, al ritmo de los huaynos, al ritmo de la vida, esperando que el próximo fuera de su raza.

Imposible distinguir de dónde eran, si venían del otro lado de la frontera o de Urubamba, si vivían sobre el agua o perdidos en un cerro en Andahuaylas. Sin embargo los honrados militares habían aprendido a distinguirlos y sabían en qué moneda tenían que pagarles cuando extendían la mano o la punta fría del cañón. Contadores de la esperanza y la miseria sabían exactamente cuánto valía cada montoncito de raíces, cuánto costaba una sonrisa y un gemido. Nadie se les escapaba, sabían que ese par de extraños que se paseaba tendría que pagar en verde su alegría.

El comandante de una de las guarniciones se adelantó a sus colegas y los detuvo para ofrecerle a su hija en sus quince años el más original regalo visto en la frontera: dos pelotudos cantando "Feliz cumpleaños" en francés mientras vaciaban sus bolsillos. El Gobernador civil de la región decía indignado en voz alta: —¡Hasta cuándo va a continuar este escándalo. Ni siquiera soplan las velitas!

Otro comandante había subido desde Puno para controlar el robo, es decir que los porcentajes llegaran en debida forma de los soldados a los cabos, de los cabos a los sargentos, de éstos a los tenientes, de ahí a los capitanes, mayores, comandantes, coroneles, generales responsables de mantener el orden, velar para impedir el contrabando, combatir los narcotraficantes y proteger de la guerrilla a los ciudadanos en esa región.

Fue él quien más fuerte aplaudió al terminar la canción, más aún, los felicitó y en un gesto magnánimo les dio un papel autorizándolos a seguir viaje hasta Puno sin escolta. SIN ESCOLTA y hasta mañana.

—Si nos encuentra —dijo maquiavélicamente Jacques.

Corriendo subieron al camión, rápidamente descendieron de él para averiguar porqué no se bajaba la cuerda que atravesada en el camino les impedía seguir viaje, miraron buscando a alguien y se encontraron tras un muro frente a dos soldados que los apuntaban con sus metralletas. Lentamente alzaron las manos. Les pegaron un culatazo cuando ingenuamente comenzaron a cantar el "Feliz cumpleaños" creyendo que así se los sacarían de encima, buscaron algo de lo que les quedaba y se lo regalaron, les agradecieron (siempre hay que agradecer, si no se ofenden, y un milico ofendido vale oro o rosas rojas sobre una tumba) y subieron al camión.

—Si nos encuentra —exclamaron a coro.

Y durante 58 kilómetros cantaron y rieron. Antes del desayuno los encontraron y les cobraron una prima especial por "escolta de confianza" antes de comenzar a negociar el resto del viaje.

Una semana tomó la negociación, a los tres días tomaron de intermediaria a la esposa del comandante la que esa misma noche se transformó en la amante de las víctimas, y mujer honrada, no cobró por servicios extras.

Al quinto día, cambiando el camión de lugar para esconderlo de otras miradas militares, por no atropellar a los indios en un mercado local se desviaron de la ruta y las ruedas del lado del chofer cayeron en una parte pantanosa de la calle. Gerardo veía subir el barro a su lado y se dispuso cual antiguo capitán de barco a hundirse con su camión y con su teatro. Buscaba febrilmente una frase célebre al estilo del famoso "no hagan olas" que gritan los chilenos cuando están con la mierda al cuello, cuando en el momento en que creyó que el camión iba a acostarse de costado el movimiento se detuvo.

Bajaron por la puerta del copiloto, miraron, prendieron un cigarrillo y esperaron. Una cholita habló en quechua y primero uno, luego otro y otro, los indios se metieron al barro y sostuvieron el camión con sus brazos, con sus espaldas, Gerardo y Jacques se metieron junto a ellos no tanto para hacer fuerza sino que empujados por un sentimiento de verguenza al verlos arriesgar así su vida. Otros comenzaron a sacar el agua con tarros, luego el barro y a poner piedras. Levantaban el camión para colocar una y lo dejaban caer para que el peso la acomodara en el fango, así cientos de veces hasta que lograron enderezar el camión y crear un camino de piedra por donde Gerardo logró salir.

Esa noche soñó que siglos más tarde, cuando la vida volviera a ganar sus derechos después de la gran catástrofe nuclear, un grupo de sabios encontraría en las ruinas de Puno el famoso camino de piedra y publicarían artículos en todas las revistas científicas serias del mundo hablando de los indios y la visita de los extraterrestres.

Estaban a dos días de pagar la coima y obtener un papel que les permitiera circular y alcanzar la próxima frontera en el plazo que les habían acordado para abandonar el Perú.

Gerardo estudió los mapas, guardó en un saco plástico los

papeles firmados por el comandante, se despidió de su mujer y partió rumbo a Arequipa, situada solamente a 297 kilómetros de distancia y en bajada. Tomó desayuno con Jacques y se prometió comer en las chicherías de la hermosa ciudad blanca de grandes muros en piedra y barro, de techos redondos fabricados con tejas rojas, patios interiores escondidos a los ojos de los mortales en la que bajo las hojas de los árboles se escribió la historia de los amores clandestinos. Con sus calles pavimentadas en piedras ovaladas como huevos, pulidas y brillantes gracias a los pies desnudos de miles y miles de indios que las desgastaban con su piel gruesa y morena. Ciudad que 18 años antes recorriera junto a María de las Mercedes llevando un recital de poemas y canciones.

Efectivamente llegaron a la hora de comida buscando bajo las arcadas blancas aquella cuyo aroma atravesara la cal de los muros y el polvo que tapaba sus narices. Pero dos días más tarde de lo previsto, uno por lo que en un cruce de senderos un sargento luego de aligerarles la carga por pura hijodeputada les indicó la llama equivocada, dos por lo que a los pocos kilómetros de dejar Puno el sendero se transformó en arenas movedizas a 3.800 metros de altitud y para colmo de su mala suerte una tempestad de viento había borrado los pasos del último jetón que se había atrevido a pasar y tres por lo que es la cordillera de los Andes y no cualquier porquería de cordillera.

La llama, la que no era, subió por la ladera y se perdió en medio de las piedras de la ruta. Gerardo subió a su vez y en medio de las montañas de pronto apareció un camino, estrecho (camino de cordillera) pero algo a lo que se le podía llamar camino. Más aún, otros camiones, enormes, amarillos, viajaban por la ruta.

Tocaron la bocina, los vieron apegarse temblando a la ladera y pasaron, nunca sabrán cómo diablos pasaron, pero lo hicieron. Sí, el manual quedó olvidado en alguna parte entre los mapas. Era uno de ellos, pero con mayor experiencia, se dijo con su habitual modestia Gerardo. El sol vistió la cordillera de rojo, de café, de gris, de blanco y anaranjado, los militares desparecieron, vieron una cholita que embarazada seguía una llama cargada de sacos de coca, Gerardo pensó en Dalibá, sintió deseos de abrazar su guata, conversar con ella, con su hija, no a través de las nubes y la luna sino apoyando su cabeza en su vientre. De hacer el amor con ella, de abrazarla como lo hacía en Grecia cuando al igual que un octópodo latinoamericano sus brazos surgían de su cuerpo para acariciarla, y le salieron alas a las ruedas de su viejo camión Berliet.

En un recodo del camino se les apareció como una visión celestial, al fondo de un barranco, al lado de un río, un trozo de autopista alrededor del cual un grupo de hombres en overol ubicaba los camiones y descargaban su mercadería. Del cielo llegó una música olvidada y en medio de los cóndores apareció un avión. No redondo, ni con luces brillantes, ni girando sobre sí mismo, ni piloteado por pequeños hombrecitos verdes. No, un avión con alas, cola, dos motores, piloteado por un tipo rubio, de bigotes, mascando chicle que les hizo una seña al pasar por el lado de ellos antes de comenzar el descenso.

La llama se había equivocado de camión, y Gerardo se había equivocado de autopista. Desesperado buscó un lugar donde dar vuelta. Era imposible, pasó la primera y despacito, muy despacito bajó. Con Jacques se pusieron a hablar en francés, bajaron los vidrios para que los escucharan, enchuecaron la boca, se recostaron sobre la puerta, colocaron los ojos turnios de los drogadictos, hicieron como que no veían a nadie, dieron normalmente la vuelta a la pista de aterrizaje y comenzaron a subir de regreso rumbo al olor de la carne tostada envuelta en plantas menos internacionales.

La gran plaza rectangular de Arequipa los vio dar una última vuelta cuando las primeras luces se alumbraban para mezclarse con el reflejo de las estrellas sobre los muros. Dos grandes palmeras sacudían sus ramas como brazos amigos deseándoles buen viaje, dos grandes palmeras como aquellas que se encontraban frente a la cárcel de su ciudad y que también estiraban sus ramas solidarias el día en que escoltado por dos funcionarios de Naciones Unidas, Gerardo abandonaba su celda para partir rumbo al exilio.

Se había prometido que un día, libre, desde algún lugar de América Latina le respondería a sus antiguos compañeros de colegio, esos que al saberlo preso le hicieron llegar una tarjeta postal diciéndole cuánto lo sentían, pero que se lo había buscado, que cambiara, que podía llegar a ser alguien como se dice en Chile. Gerardo se los imaginó de rodillas limpiando con un trapo la sangre aún fresca regada sobre los puestos que escalaban y se alegró de estar donde estaba y de ser uno.

Se acordó de ellos y le dolieron las muelas, lo que de inmediato le envió la imagen de un dentista rancagüino que para el Gran Eclipse confundió el tipo de libertades que gran parte había perdido y pensó que entre ellas se había perdido la de escoger su dentista y si bien es cierto era dentista de los milicos eso no lo autorizaba a serlo de todos los presos. Cambió su blusa blanca por otra manchada de sangre y salía en las noches a cazar seres humanos. Rotario distinguido, hijo ilustre de la sociedad buscaba metralleta en mano entre otros a su primo para asesinarlo, no tanto por sus ideas políticas (por las que era perseguido) sino por lo que se había acostado con su mujer. Llevando demasiado lejos su venganza se dedicó a asistir los interrogatorios. Gerardo no puede jurarlo, nadie puede jurarlo por lo que siempre estaban vendados, pero su voz la escucharon y eso sí pueden jurarlo.

A Gerardo le dolió el alma y desde ese día se prometió emular a Julito antes de sentarse algún día en el sillón del distinguido amigo.

Las ramas se perdían a lo lejos como a lo lejos se perdieron las otras, ramas que se juntaron por primera y última vez en lo alto de la cordillera antes de comenzar el descenso hacia el Pacífico y realmente hay que ser muy, pero muy... océano, para llamarse así en su querida América Latina.

Y una mañana se le apareció viajando viajero infinito en sus olas azules, acercándose a la tierra haciéndose el feroz para terminar besándola tiernamente con sus labios mojados de espuma.

Gerardo parado en el desierto lo observaba y las olas se le confundían con las dunas, el azul desaparecía en el dorado, la espuma se secaba en olas de salitre detenidas en el tiempo, sabiendo que el mismo mar y el mismo salitre se confundían más abajo en el suelo que le prohibían tocar con sus pies cansados, en el mar en el que le prohibían bañar su cuerpo polvoriento.

El sol golpeaba implacable su cabeza indefensa luego de que en el exilio un largo y continuo golpe de Estado había arrasado con su cabellera y los pelos se le habían asilado por el mundo.

En Pisco los detuvo el inconfundible canto de los cántaros de greda que en el fondo de las frescas cuevas, al abrigo del sol y los curiosos preparaban el precioso elíxir de la vida.

Sus labios resecos recobraron la sonrisa, la sangre se calentó por dentro, el sudor se evaporaba dejando una agradable sensación de frescura. Casi parten rumbo al sur, el camión guardó la calma y el rumbo. Lejos, Dalibá esperaba guardando el fruto.

Un 2, un 3 y un 4 se unieron para separarlos de Lima y una vez más casi no cuentan el cuento.

Un amanecer llegaron a un pueblito de las cercanías de la capital, quitaron el desierto en busca de un banco donde cambiar algún dinero y de un café humeante acompañado de unos huevos fritos con una ensalada de tomates aliñada con rocoto picado, cilantro y cebolla para los conductores y petróleo y aceite para el fiel compañero.

Frente a la plaza de mercado estaba el único banco, blanco, de fuertes puertas de acero, enormes rejas en las ventanas, cactus en su interior y un letrero pintado a mano en el frontis. En ninguna parte aparecían los horarios de apertura.

Un coronel que pasaba a tan temprana hora, medio saliendo, medio entrando en una casa les informó que tenían que esperar hasta las diez, hora de llegada del gerente y los empleados.

Estacionaron el camión frente al edificio, cuidándose de no taparlo completamente y cruzaron a la plaza de mercado en busca del desayuno. Justo en el momento en que iba a reventar los huevos, Gerardo distinguió dos tipos sospechosos que daban vueltas alrededor del camión.

Recordó lo que le contaron en Argentina: que en Bolivia se robaban los camiones completos y nunca más aparecían; lo que le contaron en Bolivia: que en Perú y en Argentina se robaban los camiones completos y que nunca más aparecían; lo que le contaron en Perú: que en Bolivia, Chile y Ecuador se robaban los camiones completos y que nunca más aparecían. Dejó correr libremente la amarilla yema y se acercó a vigilar a los individuos.

Mala cara tenían (y eso debería haberlo puesto en guardia), miraban, se agachaban. Se encontraron a la salida de una vuelta, se miraron, separaron las piernas, entrecerraron los ojos, se agacharon un poco hacia adelante y escupieron.

—¿Y?

— Bonita la bestia, amigo.

—Bonita, cierto.

— Y rara.

—Rara, cierto.

—¿Viene de lejos?

—De lejos, Francia.

—¿Y es buena la carretera?

—¿...?

—¿A dónde va?

—A Colombia.

—Tenga cuidado, en Colombia se roban enteros los camiones.

— ...

Gerardo no alcanzó ni a pensar una respuesta cuando aparecieron un jeep y dos camiones cargados de soldados, y se encontró con la cara pegada a la muralla, las piernas separadas, los brazos en alto y un cosquilleo que creyó reconocer en las costillas.

Primero fueron los ladridos, luego el pasar bala de las armas y el silencio. Silencio insoportable roto un siglo más tarde por un ladrido tembloroso que le ordenaba darse vuelta lentamente.

En el medio de la calle, entre dos bestias, vio al pobre Jacques, los ojos como huevos fritos, la yema chorreando por la boca, las piernas aleteando en el aire y al que de un solo empujón pegaron como mosca contra el muro a diez metros de distancia.

—La embajada, quiero que me lleven a la embajada —repetía ingenuamente.

El teniente que comandaba la operación, revólver cromado con cacha nacarada a la mano, ladró:

—Documentos.

Gerardo bajó los brazos para abrir la chaqueta y pasarle el pasaporte. El teniente saltó hacia atrás gritando:

—Arriba las manos o disparo.

Gerardo levantó las manos.

—Documentos —gritó el otro.

Gerardo bajó las manos, el teniente saltó otro metro más gritando:

—Arriba las manos.

Gerardo levantó las manos. Los indios que los rodeaban comenzaron a reírse. Gerardo frente al éxito obtenido pensó en mejorar el gesto.

—Documentos.

Gerardo ...

—Arriba...

Gerardo...

—Documentos.

Gerardo comenzó a cansarse y con un hilo de voz le dijo:

—Están en el bolsillo de la chaqueta, no los puedo sacar con los brazos en alto.

El teniente se acercó diez metros, lo miró a los ojos para ver si era cierto. Por la cacha del revólver caían unas gotitas de sudor, alrededor de las piernas de Gerardo se formaban dos charquitos.

—Sáquelos con la punta de los dedos —ladró.

Gerardo los cruzó haciendo lagartitos pa'la buena suerte y sacó sus documentos.

—Arriba las manos —insistió el huevón pesado.

—Y tu madre —pensó Gerardo sin que su cara lo traicionara.

—Si no me llevan a la embajada los denuncio frente a las Naciones Unidas —insistió, afortunadamente en francés, Jacques.

Gerardo se aprovechó del lote de puteadas que le echaron los milicos para junto a dos garabatos pedirle que se callara.

Para alegría de los espectadores al teniente se le ocurrió pedirle las llaves del camión lo que recomenzó con la escena del "arriba las manos" hasta que por fortuna por un hueco del pantalón las benditas llaves cayeron al suelo.

—Abran el vehículo —ladró la autoridad.

Los soldados se miraron sin lograr entender qué mierda quería ahora el tenientito que les habían mandado de la capital.

Un sargento se sonrojó y coqueto le dijo:

—¿Aquí en público mi teniente?

—El camión —ladró furioso el teniente.

Los soldados se miraron, miraron el cielo, silbaron y nadie se acercaba a las llaves.

—Usted, ábralo —le ordenó a Gerardo.

—¿Puedo bajar los brazos? —preguntó éste mal intencionadamente.

El teniente le mandó saludos a su madre y a toda su parentela.

Gerardo controló el temblor de sus manos, escogió la llave, se acercó a la puerta del camión, la introdujo en la cerradura, le dio vuelta y abrió, gesto que fue acompañado de un solo grito y el desparramo de soldados por el suelo. Gerardo y Jacques se tiraron junto a los otros.

La audiencia aplaudió a rabiar. Todos se levantaron un poco avergonzados y el teniente al fin se decidió a parar el circo y se los llevó con camión y todo hasta el cuartel.

Todo el día funcionó el telex confirmando datos, el teniente se veía comandante y el comandante, general. Los dos habían telefoneado secretamente a los principales diarios de la capital para contar el brillante operativo que culminó con la detención de dos peligrosos dirigentes de Sendero Luminoso y un camión cargado de armas y explosivos.

En la noche los soltaron no sin antes hacerles pagar el costo del operativo y un suplemento para curar el honor burlado del ejército peruano.

Una noche, aproximadamente dos mil kilómetros más adelante, se les perdió el desierto y el dorado por arte de magia se transformó en verdes: oscuros, claros, amarillentos, rojizos. Las flores salvajes se ofrecían a los viajeros. Entraban al trópico, se acercaban a la frontera. Lejos atrás quedó el desierto, cerca en los colores un lago de flamencos rosados que se les apareció una mañana en plena cordillera, flamencos que interesados y amistosos se acercaron al extraño vehículo que por primera vez veían antes de emprender vuelo desapareciendo y volviéndose invisibles por la eternidad.

Lejos, en medio de los cerros grises y negros en una choza de piedras, un perro los miraba indiferente.

Y en medio de los verdes, Aguas Verdes, el pueblito que estaba en la frontera. Las piedras habían desaparecido y la madera y los bambúes reinaban. Los perros, quizás por ser tropicales, eran menos indiferentes y reaccionaron al olor de los viajeros haciéndolos dar cinco vueltas corriendo a la plaza principal. Principal y única.

Antes de acercarse al puente decidieron tomar desayuno e ir a pedir una carta al cónsul de Ecuador, para tener menos problemas al atravesar el país.

En América Latina —y de esto ya deben haberse dado cuenta— las fronteras entre los países están marcadas por un puente, uno verdadero, no de esos que aparecen en los mapas y en los planes de gobierno. Y esto independientemente de la existencia o inexistencia de un río, brazo de mar o quebrada. En general sirven para que todo el mundo pase por debajo, por el lado o por donde quiera, pagando lo que quiera o lo que pueda, salvo cuando el exilio le ha hecho perder parte de sus raíces y todavía cree que los puentes en las fronteras son para cruzarlos por arriba.

La cónsul, porque era una mujer, le dio una bellísima carta en que hablaba de la cultura, de la necesidad de permitirle llegar a nuestros pueblos, de cómo se ennoblece el espíritu confrontado al arte, del espíritu de la Declaración Universal de los Derechos Humanos, de la libre circulación de los hombres y las ideas, de un abrazo en Guayaquil, de la necesidad imperiosa de abrir las fronteras a la cultura. Gerardo salió de la oficina levitando a veinte centímetros del suelo, se dirigió al café, recuperó su orgullo de latinoamericano y dejó caer la carta sobre la mesa.

Jacques miró la carta, miró la firma y exclamó: —*Merde*!, firma una mujer. Nos van a masacrar.

Ese día cumplía dos meses en América Latina.

Se acercaron al puente, de lejos observaron el movimiento, el número de casetas que había a cada lado, prepararon los paquetitos para el lado peruano (habían enviado una llama con un telegrama pidiendo auxilio y en principio María de las Mercedes debía esperarlos con otros billetes al otro lado del puente), le rezaron al Dios de los franceses y partieron: un paquetito a la derecha, un paquetito a la izquierda, un paquetito aquí y otro más allá. Uno, dos, tres, cuatro. Faltaba uno, el quinto y pasaban. La puerta de la caseta se abrió, apareció un dedo, un solo dedo que les indicaba que bajaran.

Tras el dedo, una mano, tras la mano el comienzo de un uniforme, era un capitán. Hombre culto le dijo a Gerardo:

—Entre un hombre de teatro y un capitán del ejército peruano es evidente que nos entenderemos.

Gerardo, desconfiado, se preguntaba en qué podía entenderse con un milico y cómo le preguntaba cuánto quería sin ofenderlo e involuntariamente hacer que el precio subiera.

Sobre la cubierta plástica de su pasaporte el militar escribió una cifra. Si no hubiera estado en América Latina, Gerardo habría terminado nuevamente en el hospital de Créteil. Sacó su escuálido sobrecito y se lo extendió. El dedo se movió de izquierda a derecha y de derecha a izquierda.

Gerardo le explicó que no le quedaba nada, que incluso al otro lado del puente lo estaba esperando María de las Mercedes con dinero para continuar..., era demasiado tarde. Una vez más en su vida había hablado más de lo necesario.

El comandante habló. Lo autorizó a cruzar el puente, con camión y todo para ir a buscar dinero, sabiendo que volvería, sabiendo que si no volvía no avanzaría más de treinta kilómetros en el país vecino y para asegurarse, así se lo comunicó.

María de las Mercedes estaba parada al otro lado del puente esperando, llorando al ver lo que pasaba, llorando de alegría de saberlos vivos. La llama había cumplido con su deber.

Gerardo regresó a pie, le entregó el sobre al militar. Este contó y furioso al ver que no estaba todo lo que exigía intentó retenerle el pasaporte y detenerlo por haber cruzado el puente de regreso y por lo tanto haber violado la frontera entrando ilegalmente al país.

Gerardo le arrancó el pasaporte de las manos y corrió, corrió en tierra de nadie, corrió en el puente, la cabeza mirando hacia atrás, horrorizado y de un último salto dio su primer paso en Ecuador.

Extrañado no sintió su pie sobre tierra firme, sino sobre algo arqueado. Una terrible sospecha atravesó su espíritu. Lentamente, muy lentamente giró su cabeza para dirigir su vista del Perú al suelo ecuatoriano y al llegar con su mirada casi se desmaya.

Bajo su zapatilla había una bota militar, sobre la bota un pantalón militar, sujetando el pantalón una cartuchera de la que colgaba un revólver al igual que en las malas películas de vaqueros que veía en su infancia y a la altura del ombligo una mano extendida acompañada de una voz de ultratumba que decía:

—Bueno, ahora pague la lustrada, hermanito.

María de las Mercedes había llegado con tres días de avance y se había atrincherado en un hotelucho de esos de frontera, hoteluchos de pase, hoteluchos de contrabandistas, hoteluchos cuya única gracia era tener un chorro de agua donde bañarse. Cada mañana se levantaba antes que el sol, se despedía de la ratita que compartía su cuarto, la dejaba desayunando un jabón francés (recuerdo del exilio) y se paraba en el puente a observar el horizonte.

A lo lejos las palmeras protegían con su sombra el vientre de Dalibá y la brisa conversaba con la madre, le traía noticias del padre, se deslizaba en su interior para ir a refrescar el rostro de Melina y pedirle lo imposible a alguien que lleve su apellido: que tuviera paciencia y esperara.

Presentaron los papeles y la carta de la cónsul y esperaron la reacción de las autoridades.

Estas la leyeron con calma y poco a poco las lágrimas comenzaron a brotar de sus ojos, primero lentamente, luego a chorros.

Gerardo nunca había visto una tropa de jetones que se rieran tan fuerte y tan de adentro. Sus ojos se le inyectaron de sangre y comenzó a ver rojo, y lo jura, no es una alusión al problema ideológico. En su continente la ideología se da a otro nivel y su rostro se suavizó como cada vez que se acuerda de ella. Dejó negociando a María de las Mercedes, a Jacques y salió a fumarse un cigarrillo.

Entre el humo del cigarrillo y los vapores de alcohol la vio aparecer. Cinco años habían pasado desde la última vez que se abrazaron. Ambos se quedaron helados, clavados, sin poder articular palabra, sin poder avanzar de un paso. Ambos pensaron, Dios mío qué le hicieron que está tan viejo (a), sacudieron la cabeza y se abrazaron.

Gerardo la volvió a ver joven y bella como la primera vez que la distinguió revoloteando, su falda al viento dejando ver sus piernas flacas y un cintillo en la cabeza, permitiéndole ver su cara de ángel mientras repartía volantes de un partido de izquierda en los prados de la Universidad Austral de Valdivia.

Gerardo, como de costumbre se enamoró de inmediato y beatamente pasaba horas maravillosas mientras ella le explicaba *El Capital* y le decía con voz suave que tenían que degollar a los burgueses, hacer prietas con sus tripas y con sus huesos, abonar el terreno para construir una sociedad más justa, fraternal y amante del hombre.

Amante, suspiraba Gerardo y bajito se decía que si Marx y Lenin hubieran sido latinoamericanos se habrían dado cuenta de inmediato que en su continente la mayoría de las veces la conciencia política llega no tanto por una situación social, por las contradicciones económicas o la lucha de clases, sino por razones de tipo estrictamente sexual. Y que en vez de haber gastado tanto tiempo en escribir pesados manuales de filosofía hubiera sido mucho más eficaz tres tomos en leguaje erótico titulado por ejemplo *El necesario comportamiento sexual de las masas revolucionarias*. Se decía que el continente ya estaría completamente liberado si las compañeras se vistieran como la Brigitte Bardot en vez de imitar el uniforme de la Valentina Tereshkova.

Pese a *El Capital*, Gerardo se ubicó para siempre, gracias a este ángel vengador, en la izquierda sin siquiera interesarle saber si se tira mejor en la derecha.

María de las Mercedes había logrado sacar por la mitad de precio la autorización gratuita para atravesar el país. Les daban tres días para abandonarlo.

Por el retrovisor divisaron una patrulla militar. Jacques, que conducía, agarró tal pánico que terminó sobre una roca. Un neumático trasero explotó como una bomba, el aro de acero quedó chueco como cara de mariguanero que no controla sus músculos, una bandada de loros se perdió en la selva. Los milicos siguieron de largo.

En el pueblo siguiente tuvieron la fortuna de encontrar un garaje en cuya puerta se leía "corrección electrónica de aros". Pararon. Un negro gigante desmontó la rueda como un niño desarma un carro de juguete, calentó el aro al rojo blanco y en ese momento sacó de una caja un reloj de cuarzo que colocó encima de un cajón y comenzó a dar golpes de mazo. Cobraba por minuto marcado por el reloj electrónico y no por golpes como el resto de los garajistas.

Al pasar por Guayaquil creyó divisar en el puerto a González, quien junto a su familia se preparaba para embarcarse clandestinamente rumbo a Holanda. Alguien le había contado que en ese país le pagaban a los asilados por paso caminado. Gonzalito apretaba contra su corazón un par de zapatillas Adidas.

Años más tarde una gaviota viajera le contó en Santa Marta que efectivamente su compatriota había llegado a ese país y que hombre inteligente, sabiendo que los tiempos eran difíciles, al pedir asilo consultó con una asistente social para no cometer errores. Esta le recomendó aislarse de la colonia, frecuentar los holandeses e integrarse. Pero bien, no como los primeros refugiados, aquellos que sin saberlo fueron enviados a barrios de extranjeros y que de inmediato se pusieron a aprender el idioma con sus vecinos. Fue solamente en el 78, durante un seminario con la princesa Irene, que los chilenos se dieron cuenta de que ninguno había aprendido la lengua nacional como creían y que en cambio hablaban a la perfección el turco. Los turcos, por su lado, habían aprendido el castellano y así poco a poco todo el mundo se integraba.

Gonzalito sacó lo positivo de la experiencia. Prohibió comer porotos con rienda en su casa, en la puerta colocó Van González y caminaba orgulloso con sus zapatillas hasta el desgraciado día en que le llegó la respuesta negativa a su petición de asilo. Sin pronunciar una palabra se fue al mercado, regresó con un saco de porotos, lo arrojó en el medio del living, miró a su mujer y le dijo:
—para que los niños se acostumbren de nuevo, por si acaso.

Fue a la puerta, borró con rabia el Van, botó el agua oxigenada con que se teñían el pelo, el talco con que blanqueaban la piel y apeló.

Gerardo come de todo, pero siempre lleva en su memoria un

paquetito de porotos, por si acaso.

Las orquídeas acariciaban las paredes del camión, los pájaros del paraíso limpiaban con sus colas largas y sedosas el para-
brisas, las hojas de los platanales se mecían para refrescarlos en
el calor del trópico. Por el lado izquierdo (como los ingleses) cir-
culaban las largas filas de indios otavaleños, con la cabeza gacha,
sus cabellos formando una larga trenza, un poncho oscuro, trotando, siempre trotando al mismo ritmo, en el llano, en la montaña,
en la carretera, en la ciudad.

Las serpientes cascabel, la cola apuntando al cielo acompañaban la música triste del pueblo ecuatoriano. En unas enormes
barricas escondidas en la selva, fermentaban las piñas, los bananos, las guanábanas para crear el guarapo y ayudarle a olvidar sus
penas de pueblo errante viviendo en el paraíso, de pueblo altivo
pero de cabeza gacha de tanto cargar y seguir cargando los sacos
de sus amos.

Y el licor corre por sus bocas, como corre y se derrama en
las bocas de los hombres y mujeres del exilio, de los hombres y
mujeres de su pueblo, hinchando los ojos, hinchando los labios,
transformando las narices en botones de rosas secas, cambiando
el color de la piel por uno rojizo y ceniciento, sacando de lo más
íntimo hasta los capilares a la superficie. Todos ellos bebiendo
para olvidar, tomando por lo que recordó, tomando por lo que se le
olvidó, tomando por lo que la distancia es grande, tomando por lo
que la distancia se empequeñece, tomando por lo que estoy alegre, tomando por lo que estoy triste, tomando por lo que llega un
nuevo año, tomando por lo que se va otro año, tomando en copas
color soledad, tomando en copas color amistad, y al final, revol-

cándose en el suelo y en sus vómitos, lloran y toman por lo que se les olvidó el porqué tomaban.

Y de pensar en ellos a Gerardo le dio una sed de esas intercontinentales y se bajó a sumergir su cabeza y sus labios en un cántaro de guarapo, tomando por lo que se había puesto moralista.

Otras serpientes, pero menos simpáticas, habían cruzado sus colas alrededor del camino, sus siluetas se recortaban entre los árboles iluminados por los últimos rayos del sol. Con sus fusiles en la mano los detuvieron.

Gerardo bajó, los maldijo entre dientes, mostró sus papeles. En venganza (sus venganzas) había decidido mostrar a cada control un papel diferente y nunca más el carnet internacional francés que falsificó en Argentina. Esa noche, en su segundo control en Ecuador sacó el carnet de adherente del Centro Cultural Gérard Philipe al que le había añadido una foto pegada patas arriba. Los milicos pusieron cara de despistados para enseguida cambiarla por cara de entendidos y le dijeron: —No es el primero como éstos que vemos— y se lo devolvieron manteniendo la mano estirada.

Mientras buscaba unos pesos lo vio venir, uno entre miles, mirándolo a los ojos, decidido a atacarlo. Gerardo tembló al igual que había temblado quince años antes la primera vez que se había enfrentado a ellos. Sabía que no se escaparía, se vio tendido agonizando sin ver nunca más su país, aprovechó para putear al Hacedor de Eclipses y se resignó.

Uno entre miles, infectado entre los infectados, alma de Pinocho (el hijo de mala madre y no de un simpático trozo de madera), uno que sin aviso previo se arrojó sobre su tobillo y Gerardo puede jurarlo, los zancudos ecuatorianos no pican. ¡Muerden!

Al amanecer el camino comenzó a estrecharse, las ramas se tendían como manos con enormes dedos para golpearle la herida, un amable camello de pelo ensortijado pasó sonriendo tomándole una foto, tras él una muchacha velada quien se acercó levantando la seda para lamerle la herida y refrescarlo. Los loros se reían como caballos y las iguanas lo observaban con una sonrisa, envidiosamente coloreada, de yegua conocida. Un grupo de cotorras bailaba alrededor de un nido destruyendo sus huevos y se vio asesinado por una bruja no nacida de un noble sexo como todas las mujeres sino botada de otro agujero situado diez centímetros más atrás.

Los bananos le pedían dinero y las serpientes cascabel aceleraron el ritmo de sus colas colocándolo al de su corazón. Su hija comenzó a salir llamándolo y su camión que no avanzaba, que no avanzaba pese al acelerador que al rojo vivo le quemaba el pie, le quemaba la pierna, le quemaba el cuerpo hasta que se detuvo atravesado en medio del camino.

María de las Mercedes y Jacques le ayudaron a bajarse del camión, rompieron el pantalón para que no apretara el tobillo hinchado, el pie parecía una enorme empanada. Mojaron un trapo en una crema de amebas y de insectos para refrescarlo, cortaron un plátano verde de tamaño mediano para que le sirviera de muleta y un plátano amarillo chiquitito para inmovilizar el tobillo de Jacques, cambiaron de puesto y éste tomó el volante rumbo al próximo hospital.

A mediodía el sol había escalado entre las plantas para liberarse y subir al cielo azul ecuatoriano que como una inmensa masa de color flota sobre las cabezas, misterioso, brillante, permitiendo a los humanos penetrar la profundidad del espacio y perderse en sus pensamientos rodeado de una masa azul, suave y cariñosa.

La masa purulenta había descendido gracias a un preciso machetazo dado por el médico local; la fiebre se había evaporado junto al rocío.

Nuevamente estaban listos para subir a la inmensidad, para ir a tocar el cielo desde los balcones de madera que, tallados a mano, compiten en belleza sobre los muros blancos de Quito.

El cielo había fijado en el tiempo la vieja ciudad. Sus muros reflejaban como espejos la vida, pero cambiándola en imágenes amables, el guarapo seguía volviendo locos a los indios los que por una vez levantaban sus cabezas para transformarse en toros salvajes que se perseguían por las noches machete en mano por las calles de piedra, por las callejuelas para desembocar en la gran plaza y luchar a muerte sin saber de dónde salía el odio, de dónde sacaban fuerzas para matarse entre hermanos.

Por una vez se sacaban la gruesa cuerda trenzada por manos originalmente destinadas a tejer amorosamente un poncho multicolor para proteger el cuerpo y que hoy habían aprendido a tejer la cuerda que los verdugos, por unos pocos pesos pasaban alrededor de la frente uniendo para siempre al indio a un canasto colgando sobre sus espaldas, encorvándolo para siempre, clavando su vista al suelo. Haciéndole esto a ellos, los dueños de esa tierra, los dueños de ese cielo; a ellos, que hoy trotan por las calles de Quito acumulando, sed, acumulando fuerzas, aprendiendo a deletrear otras palabras que las primeras que les enseñaron: Gracias, amito.

Qué hermoso es el Quito colonial con sus blancos campanarios apuntando al cielo haciéndole cosquillas en los pies a los santos; con sus mujeres blancas, ángeles de carne que taconean por las calles empedradas.

Y en los mercados en que los frutos del trópico esperan jugosos para ir a deshacerse en las bocas sedientas de placer, cientos de indios en cuclillas, con el cinto en la frente, el canasto más grande que el dolor de su pueblo a la espalda, esperando, masticando. Y entre ellos nuevamente como quince años antes Gerardo y María de las Mercedes, en cuclillas, un pedazo de papel a la mano y sobre él un trozo de lechona rellena, cerdo salvaje cocinado en las brasas, su interior forrado de hierbas, de arroz y de amor.

Quince años antes un oscuro y arrogante coronel del ejército de Chile, hoy manchado de rojo oscuro general, le había dicho en la embajada: —e incluso estas bestias comen en cuclillas en la calle alrededor del mercado. ¿Dónde se ha visto algo parecido?

En Bolivia, en Perú, en Colombia, en Chile. Sí, en sus mercados, y desde el Gran Eclipse en las cárceles de Chile. Ahí nuevamente Gerardo comió en cuclillas, la comida en un papel, y nuevamente le supo deliciosa, condimentada por la dignidad de los hombres que la comían. Al igual que le supo deliciosa en los mercados de Quito. Sí, rojo oscuro general, en América Latina se ha visto, y usted también es responsable.

Los vestidos hechos de grueso paño rojo, bordados con lanas verdes, amarillas, azules, negras, se movían en la cordillera para despedirlo; los sombreros multicolores planos y cuadrados de esas catedráticas del dolor se levantaban en el cielo como en su país se levantaban los volantines multicolores de su infancia, altos, insolentes, desafiantes, creando una sinfonía de banderas que iban del orgulloso volantín de seda al humilde chonchón de papel de diario que elevaba los sueños de un niño de la población.

Volantín con cola, volantín domesticado. Volantín chupete, salvaje y cabrío, indomable. Hilo de seda, suave como el amor que marca el fin de la niñez. Hilo curado, mojado en cola y vidrio molido, agresivo, de dientes cortantes, de miles de cuchillas dispuestas a cortar en mil pedazos y mandar cortado a quién se le acercara. Volantines y chonchones de mi pueblo que en los días de sol miraba al cielo, perdía su mirada en el infinito siguiendo un volantín cortado que se llevaba lejos los sueños de una corta primavera.

Lejos, tan lejos como aquellos caminos de cordillera que se pierden en la inmensidad, caminos en que la roca se abre el tiempo y el espacio justos para dejar pasar al caminante y luego se cierran por la eternidad guardando en su interior los jirones de su cuerpo arrancados con los miles de cuchillos acerados que cubren sus paredes.

El viento fijó en el aire las polleras y sombreros, el tiempo fijó en el cielo un nuevo adiós, la cordillera se inclinó y comenzaron el descenso. Por las laderas de Quito los canastos seguían subiendo y bajando. Y pese a que no era su camino se desviaron para pasar por Esperanza.

Las palmeras del trópico ecuatoriano se inclinaron hacia el norte, las del trópico colombiano hacia el sur para conversar por encima de las fronteras al abrigo de los guardias y soldados, de los contrabandistas de piedras de colores y de los contrabandistas de sueños, para contarse de Dalibá, para ver cuánto faltaba por lado y lado, para calmar la impaciencia del padre y de la hija. Siete se decían, faltan siete días. Y al ver la frontera temblaban.

Un puente dorado separaba la frontera, un puente mitad de adobe, mitad de concreto armado, mitad de tierra, mitad pavimentado, al sur una choza miserable, al norte el primer búnker, viejos fusiles en el sur, armamento ultra moderno en el norte; todo guardando las fronteras sagradas del comercio de la droga. Colombia ha progresado, se dijo Gerardo, y era cierto. No por obra de los gobiernos, no por obra de su pueblo. Por la necesidad de los narcotraficantes de tener sus caminos, de proteger el paso desde el sur, por impedir un as vicioso que deshiciera el juego entre caballeros y funcionarios, entre nobles bandidos y honestos jueces, todos haciéndose una venia y llamándose "doctor".

El camión se balanceaba peligrosamente sobre el puente. Por lo angosto, por lo frágil del equilibrio, por los vientos que lo atravesaban, por lo que entre una selva y otra se sentía una diferencia. No en el paisaje, no en la belleza de los verdes. Sí en el acento de los ruidos producidos por el viento al deslizarse en la selva; sí en las raíces cortadas de árboles y plantas que no pertenecían a su continente o al menos a esa parte amable de su continente que Gerardo había conocido mil trece años atrás antes del diluvio.

En un comienzo el acento no cambió, las nuevas autoridades estudiaron las cartas de organismos oficiales, de organismos oficiales dentro de los no oficiales (es decir subsidiados por los oficiales para que encabecen los no oficiales) y sobre todo del Festival Internacional de Teatro de Manizales.

Todos, papeles e invitaciones que María de las Mercedes, y sobre todo Melina en peligro permanente en el vientre de su madre habían conseguido viajando de oficina en oficina, día tras día en esas busetas de Colombia donde se entra a patadas, codazos, machetazos o pagándole a dos o tres sicarios para que abran campo. Busetas sobre las que de vez en cuando cae un rayo justiciero, y las autoridades tienen que calcular por el peso de las cenizas el número de pasajeros que había logrado entrar, antes de ir a botar todo al cráter del volcán del Ruiz para aplacar a los dioses.

Se han elaborado tablas especiales para realizar los cálculos de acuerdo al recorrido y a los barrios que cruzan. En el caso de los barrios del sur o barrios populares, se calcula por buseta incendiada 7.000 kilos de fierro, 150 de caucho, 600 kilos de cenizas de mendigos adultos, 400 kilos de gamines, 1.200 kilos de pasajeros adultos, 150 kilos de bebés, 120 kilos de cenizas de nonatos, tomando una media de tres meses de embarazo, más 3 kilos de bazuco, 6 de mariguana y 2 de coca.

En las que van a los barrios del Norte, el peso base continúa siendo 7.150 kilos y los otros se dividen por dos, salvo los del bazuco, la mariguana y la coca que se multiplican por cien.

Los familiares de los desaparecidos (los de las busetas y tantos otros) dejan sus cabañas y se van a vivir a las faldas del volcán esperando que éste devuelva los cadáveres, esperando reconocerlos y no vivir en la incertidumbre.

Desde allí observan la alegre caravana de hombres y mujeres de teatro que invaden la ciudad durante el festival. Hombres y mujeres venidos del norte y sur del continente, venidos de lejanas tierras para reencontrarse, confrontarse sobre la escena amiga y clarificadora, cuando no pueden hacerlo sobre el suelo de su patria, invadiendo las calles y las plazas de alegría, de poemas, de colores entre los colores, con la insolencia de una paleta multicolor, la única que puede mirar sin avergonzarse los colores mágicos de Caldas por lo que guarda la diversidad y así protege su hermosura.

Las máscaras de la comedia y la tragedia se pasean sobre zancos en el filo de la montaña desafiando las leyes naturales, paseando entre los campanarios silenciosos de las iglesias de las diferentes religiones cuyos sacerdotes y sacerdotisas suben arrastrándose por los costados de la cordillera para observar de lejos, para escuchar el informe dado por máscaras neutras e inexpresivas que se disimulan entre las otras.

En carretas, a lomo de mula, a pie, desprendiéndose desde la cordillera, llegan los cómicos llevando con amor la nueva creación, instaurando nuevamente el necesario equilibrio entre las leyes del cerebro y del corazón y al finalizar la fiesta del teatro un último comediante (el más joven de ese encuentro) toca desde lo alto del techo de una sala un clarín indicando el término del festival, el adiós provisorio, mientras por los caminos salvajes que rodean la ciudad en medio de los cafetales y de las plantas de banano se pierden los actores y nacen nuevas esperanzas.

Afortunadamente para Gerardo la persona que reinaba en esos momentos en la frontera era de la tierra del festival, hombre honesto que además de intentar lo imposible a riesgo de su vida se daba el tiempo de ir a un concierto, de ver una obra de teatro. Los dioses del teatro existen y ese día lo protegieron. El honesto funcionario lo invitó a un café (tinto lo llaman en Colombia), hablaron de teatro, dio dos o tres órdenes a funcionarios menores que furiosos veían escapar la víctima y que furiosos invocaron a sus dioses para que el ritual en alguna parte se cumpliera y el sacrificio se realizara.

Era víspera de fiesta y toda la frontera se había transformado en una enorme cantina. De sus bares salían borrachos sus hombres y mujeres, riendo fuerte, cada vez más fuerte en su multitudinaria soledad para probar que estaban alegres, cada vez más alegres. Abrazados, dándose palmotazos de afección recuperando así el gesto primitivo y olvidado: la caricia; o enojados agarrándose a balazos o machetazos. Copulando en cada esquina, arrancando al sexo no un orgasmo compartido, un momento de placer o de ternura, sino la brutalidad necesaria a la concepción de los gamines del futuro. Ellos, hombres y mujeres, los ojos brillantes, la mirada perdida, tambaleándose, un hilo de saliva apareciendo en la esquina de la boca entreabierta, la sonrisa fija, contando y repitiendo historias sin fin, sin salidas como lo es Colombia para el viajero declarado non grato.

Si parecía que hubieran exiliado el continente.

Gerardo recordó sus libros de estudiante en los que distinguidos sabios europeos decían y juraban que el alcohol conserva, se acordó del aspecto exterior de los franceses y francesas y se dijo: es cierto, gracias en gran parte a las lociones y las cremas. Pero no en mi continente, en mi tierra los degrada física, moral y mentalmente. En mi tierra si algo conserva es el salitre del desierto o la tierra negra y fría del altiplano, aquella que preserva durante siglos los restos de indias en cuclilladas, envueltas en sus telas, mirando profundamente desde sus cuencas vacías, riendo con los pocos dientes que les quedan; riendo, ellas sí, en una risa eterna y profunda extendiendo la mano para ofrecer al descubridor un poco de coca de regalo a cambio del alcohol que les trajeron, sabiendo que ellos tampoco podrían rechazarla.

A partir de ese momento y durante 536 kilómetros las palmeras lo saludaron con sus ramas. Las del lado derecho del camino le traían el olor de Dalibá, las del lado izquierdo llevaban de vuelta el olor del viajero, y no fue por falta de amor o de ternura, sino por falta de agua, que las flores del lado izquierdo se secaron.

Un amanecer el sol se levantó más alegre que los otros días, el cielo se despejó para que los viajeros vieran reflejada en él la casa de los monstruos y el rostro de Dalibá. Entre las guaduas se abría paso una barriga puntiaguda, en la esquina el noble camión herido en sus costados y en sus pies daba vuelta por última vez antes de llegar a tierra derecha. Dalibá salió corriendo envuelta en una batita de lino blanco, su piel dorada, lisa, tan tierna y brillante como cuando hace el amor, los pies desnudos marcando el camino de regreso a la casa. Gerardo se tiró del camión y la agarró en sus brazos aún a riesgo de asfixiarla. Habían pasado seis meses desde aquel día en que en París le dijo: —chao, nos vemos en dos semanas más.

Faltaban 48 horas para el nacimiento de Melina.

A mediodía Gerardo había logrado despegar de su piel los restos de la venda ecuatoriana y de las zapatillas que se había puesto en Buenos Aires, había conversado con su hija, con Dalibá, se había quedado con las ganas por demorarse tanto, se duchó por quinta vez para limpiarse y para calmarse, se puso los zapatos amarillos, tomó de la mano a Dalibá y salió a recorrer la ciudad.

Gracias a Dios América Latina continúa siendo cristiana y si bien es cierto Gerardo no cree en esa religión, sí cree en sus arquitectos ya que los lugares más frescos en el trópico continúan siendo las iglesias. Cuánta sangre derramada se hubiera evitado si los conquistadores y sus sacerdotes en vez de intentar imponer la nueva religión con la espada hubieran entregado zapatos de acero a los aborígenes y luego hubieran ofrecido el bautismo a cambio del poder entrar a refrescarse a una iglesia y derramar disimuladamente unas gotitas de agua bendita sobre el metal ardiente.

Donde no había iglesias entraban a los patios interiores de las casas coloniales, escondiéndose entre las plantas, en medio de las flores para llegar hasta la pileta de piedra y meter los zapatos bajo el chorro de agua cristalina. Agua que se evaporaba formando dos chorritos de vapor que se introducían en el vientre de Dalibá para ir a refrescar el rostro de la hija.

En la noche comenzaron los ensayos, la brisa resfrescaba el ambiente, las putitas ocupaban las calles de los alrededores del local, las ventanas de las casas se abrían dejando escapar el sonido de las cumbias, de los vallenatos, de los tangos compitiendo en belleza, en ritmo y en volumen con los del vecino de enfrente.

Sonido tapado solamente por el de los sin casas que se pasean llevando al hombro una enorme radio cassette plateada, con lucecitas rojas y verdes que se prenden y apagan. Desheredados del mundo que no se separan de su tesoro ni en el momento de la muerte y a los que hay que enterrar en un doble ataúd: uno grande pintado de negro para ellos y uno pequeño, plateado, con parlantes hacia el exterior (interior del planeta) para su radio. Si hasta los gusanos bailan en Colombia.

Y Gerardo intentando lo imposible en el ensayo, que un actor colombiano llegara a descubrir el nuevo mundo marchando digno y majestuoso sobre la música de "Carmen" y no bailando "la marcha del toreador" como un cha-cha-cha que dice en su letra:

> Los marcianos
>
> llegaron ya.
>
> Y llegaron bailando
>
> cha-cha-cha
>
> rica cha, rica cha, rica cha.

Aunque en el fondo y pensándolo bien... ¿Ah?

Intentó volver seductora a la bruja, la paseó mirando los minúsculos vestidos de aquellas a las que aparentemente debía representar, la hizo observar su caminado, su delicado cimbrar de caderas, la delicadeza y lentitud al bajar las pestañas en un llamado que sugería del primero hasta el placer no descubierto. La hizo sentir deseo, imaginar el placer nunca alcanzado, la miró al fondo de los ojos y vio el vacío, la nada, la falta de imaginación absoluta, la coquetería de un hipopótamo con elefantiasis.

Buscando una solución, decidió demistificar. Le conservó su papel en la escena del prostíbulo, le puso una falda estrecha, perdón ancha pero pegada al cuerpo, el torso desnudo y sobre el seno izquierdo un cartelito que decía: *Made in France.*

Una vez más los nacionales lo sorprendieron y maravillaron por su reacción, una vez más le recordaron que entre lo que el director imagina y el resultado hay que contar con ellos y su bagaje: se volvieron locos, si hasta los travestis reaccionaron.

Reacción de aquellos que vieron la obra ya que en América Latina al igual que en el exilio existen los que sin ver condenan. Generalmente son los que hablan más fuerte, con mayor seguridad. Catedráticos de tono doctoral siempre manejando la dosis justa de humildad (detalle que permite reconocerlos junto a lo categórico de sus sentencias) y que poco a poco son los que cuentan más y más detalles de la historia. Ello no sorprendió a Gerardo que aprendió a olerlos a la distancia, pero le dolió por lo que comenzaron la crítica diciendo: —europeos.

Y Gerardo lo jura, no es racista, no tiene nada en contra de los franceses, alemanes, suizos, daneses u holandeses, el color de su piel o de sus ojos o de su pelo no le molesta, el acento con el que hablan castellano tampoco, pero él nació en América Latina y ama su tierra, se siente y es latinoamericano y no europeo. Por lo que está seguro de ello puede añadir que ama Europa, que puede comer y amar un camembert o un arenque sin necesidad de esconderse para saborearlo por temor a que lo vean y digan:

—Mmmmmm, comenzó a perder sus raíces.

Después de la primera sentencia se pusieron a hacer análisis políticos, teatralmente políticos y a difundirlos por el correo subterráneo y eficaz (el único eficaz) de los rumores, tanto más eficaz cuando un gran número de ellos espera la opinión de una comisión, de una directiva para repetirla o para alinear su criterio al de ellos. Para difundir el dogma. Sí, Gerardo se reencontraba con su continente.

Faltaban veinticuatro horas para que una de las razones por las que se vino se cumpliera, no completamente ya que no nació donde él quería, pero sí en América Latina como él quería.

Melina, al igual que todos los niños del mundo, fue encargada en París, en realidad en Champigny sur Marne; pero Gerardo eso no lo dice por lo que la historia perdería toda su significación profunda, su caché y su seriedad. Es casi como decir que se es chileno y se nació en Quinta de Tilcoco y no en Santiago como todos los exiliados. En París, entonces, y querían que naciera en Chile, pero como los vientos del continente son imprevisibles, nació en Cali, Colombia y es de nacionalidad americana. Sí, de esa, la del norte. Por lo que le negaron la chilena por culpa de su padre, la colombiana por lo que allí a diferencia del resto del mundo donde se aplica el Jus soli o el Jus sanguinis se aplica el Jus residencius inventado por el gran doctor Críspulo Gonzáluz, hijo benemérito de Mercaderes, basándose en el Jus Frontus Nacionalus del jurista francés Jean-Marie sin Penus.

Y Gerardo que no quería que su hija fuera francesa le salió gringa, y lo puede jurar, la historia no tiene nada que ver con el realismo mágico, tiene que ver con América Latina como diría un gran escritor costumbrista colombiano que ganó un gran premio europeo.

Un teniente del ejército de Colombia se cuadró frente a sus superiores, se montó en un auto civil, depositó con cuidado una pequeña maleta negra y salió rumbo a la Plaza de los Perros. Una camioneta descargaba un saco de café en una cafetería a doscientos metros. Los servicios de inteligencia militar estudiaban un plan de acción recuperado sobre un militante del M 19. Estaba a seis horas del nacimiento de Melina.

Colón descubrió América. Maravillado recorrió con su vista la isla de izquierda a derecha y de derecha a izquierda, su mirada se paseó entre los cocoteros, por los senos pequeños y firmes de las isleñas, sus ojos brillaron al descubrir entre los frutos rojos, azules, naranjos, otros dorados como el oro. Levantó lentamente la pierna izquierda para bajar a tierra y... y la música no llegó. Gerardo miró al lugar desde donde Dalibá la dirigía, vio su cara, maravillado miró de izquierda a derecha y de derecha a izquierda. Melina había comenzado a nacer en el teatro, en la sala de ensayo, en la Casa de la Amistad. Porque sí, también existe.

Dalibá desplegó las grandes velas blancas de la carabela y la niña se elevó a los cielos llevando su tesoro. Habían logrado sacar el auto en que viajarían los actores los que tirando pinta se perdieron en la carretera en un coche dorado digno del mejor gusto de narco, dirigente de izquierda o autoridad. Gerardo subió al camión, lo puso en marcha y recordando su época de infancia, su primera comunión (la de la religión de los cristianos) tiritó pensando en el futuro y repitió bajito: —Santa María— mirando al cielo para descubrir en medio del hermoso ballet de aviones aquél que conducía a Dalibá quien apretaba firmemente en sus brazos a Melina.

La danza de los narco, de la aduana, del ejército, de la policía y de los aviones de cocaorquídeas-pasajeros fue la primera expresión realmente cultural a la que asistió en su continente.

Ella lo hizo pensar en el teatro, tomado como religión por algunos, donde constató que pese a esto se ha logrado un avance. Un rechazo a algunos dogmas y hoy nadie sin vergüenza se reconoce como teatro de agitación y propaganda, para todos etapa superada.

Todos dicen no hacer un discurso político o repetir consignas en escena; lo afirman fuertemente a los pocos segundos de finalizar la obra, de lanzar la última consigna. Y se lo creen, mostrando cuán frágil es la memoria humana; parte del público escucha embelesado y repite, cierto, confortado por lo que escucha en escena, como por la amplitud del maestro y por lo que en el librito verde o rojo dice "así sea".

A lo lejos, la línea. Más allá Medellín y sus palacios de coca, sus fortalezas donde viven los narcotraficantes, hoy atracción turística en ese nuevo cuento de hadas que vive Colombia según el cual el país progresa y progresa en medio de la violencia, tapando la miseria, la realidad al igual que la nieve democrática tapa la suciedad de los barrios de turcos, árabes o negros en Europa y los transforma en paisajes dignos de una tarjeta postal.

Pero ya Gerardo llevaba muchos meses fuera de Europa y

no sabía que los gustos habían cambiado. Que hoy lo que más se vendía no eran los paisajes sino las fotos de niñitos sucios, miserables, jugando en el barro o chupando un hueso inmundo, fotos que son agrandadas y que los europeos ponen en sus comedores para despertarse el apetito.

Más terrible es la foto y más alto es su precio y cientos de señoras y señores gordos y transparentes las compran a almas bien intencionadas o a algún latinoamericano que para la ocasión pone más cara de latinoamericano todavía y el precio sube de veinte por ciento. Gerardo había atravesado casi todo el continente y en vez de alegrarse se había puesto triste al ver esta riqueza inagotable repartida por los caminos y las calles de su tierra.

Por ir pensando en estas cosas casi atropella una chancha en el camino y si hubiera sabido, y los milicos no le hubieran robado sus cámaras, en vez de maldecirla le habría tomado una foto ya que viendo lo exótico y miserable de la bestia hoy sería millonario.

Gerardo esquivó la chancha por milagro, exactamente igual que José María Chingaté esquivaba una ambulancia robada a la Fundación Santa Fe y que cerraba el camino del mercedes blindado que llevaba al comandante en jefe del ejército. Eran las 7:45 de la mañana y así fue como al fracasar el rapto organizado por parte del M 19, ese 23 de octubre quedaba sellado el destino del Presidente de la Corte Suprema de Justicia. La chancha, por su lado, caería en una emboscada y terminaría convertida en chicharrones quince días más tarde.

Esa noche, en el gran teatro al aire libre, un comandante en jefe del movimiento guerrillero repartía un libreto viejo y anotaba en el vestuario: una blusa roja y falda oscura para ella, pantalón marrón y pañuelo al cuello para él. Fijó el estreno para el seis.

En Medellín un senador entregaba en un acto oficial un subsidio a un organismo cultural y en forma menos oficial exigía bajo cuerda la devolución del cincuenta por ciento, tal como lo habían acordado y se acostumbra. Durante el cóctel un cacique negoció dos nombramientos fantasmas por los que cobraba apenas el treinta por ciento mensual y cobró en efectivo un nombramiento en la aduana, en un puerto principal. Puestos que, por lo interesantes, se pagan al contado por los interesados a los que se les acuerda un año en el cargo para recuperar la suma pagada, comprar el auto, la casa, dos o tres televisores, la casa de campo y asegurar el futuro. Ambos hablaron de justicia, de la necesidad de la cultura y de la lucha contra la corrupción.

En los campos de ejercicios cercanos a Bogotá, el comandante en jefe del ejército pasaba una vez más la película tomada el día del asalto a La Moneda, para que a través del humo los estrategas colombianos estudiaran la obra maestra de sus colegas del sur.

Un sargento entusiasmado gritó: —aquí nos hace falta un Hacedor de Eclipses.

El pobre hombre no sabía que toda la brillante historia del ejército de Chile, de aquel que tanto admira está hecha de derrotas: la batalla de la Población José María Caro, la Batalla contra los pobladores de Puerto Montt, la toma del Morro de Arica y la conquista del desierto logradas las dos en tiempo récord gracias a la mezcla de aguardiente y pólvora (la chupilca del diablo) que les dio la inconsciencia necesaria para terminar quemando la Biblioteca Nacional de Lima.

Pero que la mayor derrota militar y moral la recibieron en la batalla que dirigiera personalmente ese brillante estratega que se autodenomina Capitán General. La batalla de todo un ejército, de toda una marina, de toda una aviación y de las fuerzas de carabineros en contra del Presidente y un puñado de hombres. La dignidad enfrentó a la masa y pese a los tanques, y pese al bombardeo (32 bombas arrojaron en el corazón de Santiago, 32 bombas arrojaron en el corazón de Chile) resistieron durante horas y horas en el combate más desigual que se conozca en la historia de la humanidad.

Un puñado, un mísero puñado de hombres mantuvo en jaque al glorioso y orgulloso ejército de Chile.

Solamente cuando anunciaron el asesinato del Presidente de Chile, doctor Salvador Allende, el Hacedor de Eclipses y sus cómplices se atrevieron a salir de detrás de sus soldaditos, de sus tanques, barcos y helicópteros donde se escondían, para reivindicar el triunfo. Nunca antes en la historia de la humanidad se había visto con tanta luminosidad la razón, el amor, la dignidad enfrentados a la bestialidad.

Y eso que llamaron victoria y la masacre que siguió los marcó para siempre frente a su pueblo, frente al mundo. Por la eternidad será la peor derrota del ejército de Chile, aquella que nunca lograrán borrar así desfilen por los siglos de los siglos saludándose al tronar de las trompetas, cambiando los colores de los uniformes, añadiendo estrellas y galones. Pobre e ignorante sargento colombiano que se aprestaba a encender su propia hoguera con el noble propósito de quemar los archivos sobre los narcos, matar algunos guerrilleros y eliminar una parte del poder legal.

Creyendo, siempre creyendo que es por el bien de su pueblo y que le van a cumplir las promesas dadas, que le darán el puesto que anhela: tocar el bombo en la orquesta del batallón y poder desfilar tocando cumbias por las calles de su mísera población, frente a la Eulalia.

La sonrisa desdentada de la Eulalia tenía la misma inclinación de la sonrisa desdentada de la chancha quien afrontó la muerte con una total indiferencia al contrario de Gerardo que hizo esfuerzos desesperados para disminuir la velocidad, enderezar el camión, no caer al río y achuntarle a la Garganta del Diablo, mandíbula de piedra que sale de la cordillera para abrazar el camino, para abrazar y tragarse al viajero. Al otro lado de la garganta, cuando se le achunta, cientos de casetas vendiendo asado, vendiendo frutas, vendiendo frescos, avena, cervezas heladas, chicharrones. Cada caseta compitiendo con la del lado o la del frente en colorido, en olores, en su música: de la llanera a la de la costa, de la del Atlántico a la del Pacífico.

Las yucas color oro saltan alegres en la sartén por sobre el trozo de hígado negro que se mueve al ritmo de un vallenato, las mazorcas de maíz funden con su sonrisa el queso fresco que las posee, las papas brillan en las ollas con los miles de diamantes que pegaron a su cuerpo durante la cocción.

Las rodajas de piña inundaban con su fragancia el aire caliente de Fusagasugá, las papayas se abrían pudorosas para entregar la carne rosada a los labios del viajero. Y de vez en cuando el silencio, la misma reacción que en su país, el malestar colectivo. De vez en cuando una patrulla del ejército.

Una vez que la muerte pasaba, el aire volvía a ser amable, el agua una caricia y eso lo sintió Gerardo cada una de las cientos de veces que pasó y se detuvo para bañar a Melina en un lavamanos o en un tarro prestado con una sonrisa mientras un nuevo olor se grababa para la eternidad en la memoria del padre y de la hija sin lograr pese a todo borrar el olor de los tomates de su tierra.

Y en lo alto de las montañas los esperaba Bogotá. Fría, gris, vestida de miseria, incluso en los barrios coloniales, incluso en el moderno centro, siempre vestida de miseria. Miseria en los bordes de las autorrutas que la cruzan, miseria de restos de seres humanos que se arrojan en las noches a parar a los autos para saquearlos, miseria bajo los puentes, miseria en las calles céntricas donde por un par de pesos las niñitas se venden, los niñitos se venden y el problema no es el precio. Si pareciera que la plaza de toros, regalo de los conquistadores, se amplió a toda la ciudad y la hora de la verdad, la hora de la muerte suena a cada segundo en la segunda capital. La primera, con igual violencia pero con calor hace mucho tiempo que los nuevos amos la construyeron alrededor del cementerio de Belén.

Cada profesión tiene su arena y la de Gerardo era la Universidad Nacional. Mientras montaban la escenografía, mientras montaban las luces, mientras ensayaban les llegaban los rumores: son 1.200 espectadores por función, 1.200 que si no les gusta comienzan a hablar, cantar, poner las cumbias, y sacan bailando del escenario a los actores para reemplazar el teatro si no es fiesta por las velas de la danza vengadora.

Los dioses del teatro los protegieron y los alumnos les abrieron sus corazones, sus manos se unieron en el aplauso amigo y reconfortante, dándoles ánimo para continuar el camino, para en el teatro del exterior continuar levantando las manos, bajando las manos, evitando las víboras y las bandadas de loros que se pierden en medio de la selva, verdes de odio, verdes de envidia espantando con sus gritos a los pajaritos de la leyenda.

El viejo camión Ford de Augusto Martínez se llenó de guerrilleros que alegres partieron a tomarse el Palacio de Justicia con un viejo libreto de todos conocido. Soñando con la declaración que sería leída en todas las radios, soñando con ese primer juicio popular en Colombia. El señor Presidente apenas supo la noticia anunció que se dirigiría al país, los tanques tomaron posición en la Plaza de Bolívar, Gerardo pasó con su camión en medio de la tropa. Pensaba en su país.

En el centro del país el Nevado del Ruiz se preparaba a cobrar su sacrificio, la tierra tembló en Colombia y espesas columnas de humo se juntaron en el cielo, provenientes de Manizales, provenientes de Bogotá, ambas arrojando nubes de cenizas, cenizas de cuerpos descompuestos o de cuerpos recién asesinados. El Presidente de la Corte Suprema ordenó al ejército un alto el fuego de acuerdo al poder que le daba la constitución, el ejército se rio de acuerdo al poder que le daban las armas, sobre el micrófono silencioso del Presidente descansaba una metralleta. La arena de la Plaza de toros se había desplazado una vez más.

El público se desplazó de los barrios del sur, de los barrios del norte, del centro de la ciudad y por miles rodearon a los militares gritando oléeee a cada nueva ráfaga, oléeee a cada cañonazo. 48 horas duró la corrida, 48 horas se demoraron en matar al toro, en amasar con 102 cuerpos calcinados un nuevo monumento a la gloria de otro ejército de América Latina.

La única baja del ejército fue un sargento en cuyos bolsillos encontraron una foto de una mujer sin dientes, la sonrisa chueca, dedicada: con amor, la Eulalia. Nunca identificaron el cadáver y sobre su tumba se lee, al igual que en las otras, un identificable N.N.

A las doce de la noche del segundo día Gerardo y el grupo continuaron su camino. A la luz del resplandor de la hoguera miró una vez más la capital. A 500 metros, en un gran teatro al aire libre el viento desparramaba las hojas de un libreto usado. Los vencedores se paseaban por la ciudad tomándose fotos. En la radio se escuchaba el discurso del Presidente interferido de vez en cuando por una marcha.

> Guerrillero, guerrillero,
> guerrillero, adelante,
> adelante.

Los gamines seguían absorbiendo los vapores de sus tarros con bencina, los niños prostituyéndose, allá lejos el oro verde produciendo y en los caminos las sombras preparándose para detener al viajero. Las cenizas continuaban cayendo sobre Colombia.

En el medio de la ruta un dedo indicaba el camino, única señalización inmóvil que encontraron en algo más de 8.000 kilómetros recorridos. Así fue como lograron llegar una madrugada en medio de un paisaje lunar a una perdida universidad en medio de la selva. Su rector hablaba griego y el encargado de cultura neerlandés. Se comunicaron en inglés y se hicieron amigos en francés. En la noche actuaron en castellano y sobre todo en el lenguaje internacional de los actores. La selva por ser la selva era más amable con los viajeros.

Uno de ellos, hombre amable, de criterio amplio, bromista impenitente y peligroso decidió llamar Paz a su única hija. Pero hombre sabio, conocedor de su país y amante de su hija sabía que con ese nombre no se sobrevive un día en Colombia, así que la vistió con una túnica blanca y le puso por nombre Terena rogando que nunca se le ocurra a un militar buscar la traducción en un diccionario.

Al comandante en jefe de la zona le explicó que Terena era un nombre amable y que según una vieja y lejana leyenda el día que ésta reinara sobre su pueblo tendría una hija que se llamaría como ella pero en otro idioma.

Temiendo que algún día se cumpliera la leyenda y para ganarse su amistad el milico le puso Terena al muro de los fusilamientos.

El tatarabuelo del encargado de cultura había llegado con sus pantalones cortos de colono a construir líneas de ferrocarril las que apenas pasaba por primera vez la locomotora eran devoradas por la selva. Su tataranieto prefirió lo eterno y volaba de pueblo en pueblo en globos aerostáticos hasta el día en que una bella y joven doncella lo divisó en el aire y lo bajó para siempre de un certero y nacional flechazo.

En secreto teje con alas de mariposas un nuevo globo el que las noches de martes trece, cuando hay luna llena, solitario y soñador intenta inflar con los suspiros de las orquídeas para seguir su viaje hacia la eternidad.

Apenas a cinco días de viaje las hormigas culonas salían de su hormiguero y se preparaban a saltar a la lata al rojo vivo para tostar su piel y con las fauces abiertas, las patitas encogidas, estar listas para ir a fundirse en la boca del viajero recordándole el mejor de los quesos Roquefort que probó en la lejana Francia.

Gerardo podía mirar el queso, incluso aceptar uno que otro gusanito; pero lo que nunca logró aceptar fue el ver quebrada una de las antenitas de las hormigas. Quizás por lo que pensaba en las hormigas, pulgas y chinches de su pueblo que por no tener ninguna formación política se escondieron en los cuerpos de los presos y terminaron achicharrados sobre las parrillas usadas por los militares.

Su tiempo de permanencia en el país llegaba a su término. Durante un año había cruzado de norte a sur, de este a oeste Colombia presentándose en universidades, teatros, sindicatos, inventando espacios teatrales, creando un nuevo público, en una lucha permanente por el derecho a existir, por hacer respetar el derecho de todo creador a mostrar su trabajo sin ser condenado por las santas inquisiciones, antes o después de verlos. Reclamando el derecho del público a ver un teatro diferente al que algunos quieren imponerle. Cuán difícil es luchar contra ello, qué poder enorme tienen todavía, poder de con una sentencia enviar a ver o boicotear una presentación por parte de sus seguidores, poder de emitir juicios celestiales seguidos por los míseros mortales. Solamente cuando lograba su propósito, la deesa sonreía y su larga cara se proyectaba sobre el país pontificado.

Y en los caminos polvorientos de cenizas, de barro creado por el sudor de un pueblo, durmiendo bajo las estrellas, bajo las nubes, bajo las palmeras, bajo los disparos, entre las iguanas, serpientes y caimanes, el grupo continuaba su camino buscando hechar raíces, predicando ellos también su palabra. Porque en el fondo, todos somos un poco sacerdotes de esta historia.

Gerardo, golpeado por la vida, ha tenido que arrepentirse de muchas cosas a lo largo de su existencia, pero hoy se arrepentía a gritos como los canutos de haberse salido de una sala de teatro argentina, por lo que... Che Galileo, viejo. Tenés razón. La tierra es redonda.

Y Gerardo estaría tentado de añadir, dentro de la tierra redonda, Colombia es más redonda todavía. Buscando una salida, una frontera que se abriera, soñando como siempre se internó en la selva con la irresponsabilidad del condenado a muerte que salta al precipicio en busca de la vida, con la ingenuidad del joven hombre de izquierda que armado de un colihüe y una proclama se lanza al asalto del cielo.

¡Y Che Galileo! Pasó cientos de veces por el mismo punto, cual si todos los caminos de Colombia salieran de donde salieran llegaran a Medellín.

Apuntaba al infierno con la punta de su camión, al fondo distinguía un hilo de plata que se perdía entre las montañas, comenzaba a dar vueltas al interior de una madeja de lana enredada, siguiendo las trazas de Dalibá, Melina y María de las Mercedes. Miles de horas más tarde al tocar fondo el camino comenzaba a subir en la misma madeja pero al frente, reflejándose como en un espejo donde miles de horas más tarde nuevamente se veían en la misma posición, pero al revés. Es decir, apuntando la entrada del otro lado de Medellín, allá lejos, ciudad perdida entre las nubes y los sueños.

Gerardo se perdió en la selva, los caminos poco a poco

desaparecieron, cada vez más seguido aparecieron los: arriba las manos, abajo las manos. Nunca logró evitarlos. No, sí una vez, una sóla vez golpeado por un presentimiento en una noche oscura, extrañamente oscura en tierra caliente. Entre Cartagena y Santa Marta se detuvo en un peaje a la salida de una de las dos ciudades y Gerardo lo puede jurar, en América Latina existen los peajes.

Más aún, antes de construir las rutas o sin construir ni un asomo de ruta los peajes sí se construyen religiosamente. El guardia armado que protegía a la cajera le pidió un cigarro, no lo apuntó con el arma y le dijo:

—Siga amigo, hace una semana que no hay asaltos en la zona.

Tras el camión, Dalibá con su preciosa carga. Melina se movía inquieta en su carroza. Tras el auto, un bus de pasajeros escoltado por dos militares exigía que avanzaran.

Gerardo decidió que no seguían. Ante la presión del grupo que insistía en continuar, se arrojó sobre una mata de plátano agarrándose el pecho teatralmente exclamando:

¡Oh, mi corazón!

¡Oh, mi pobre y cansado corazón,

golpeado duramente en el exilio!

¡Oh, pobre de mí, golpeado cruelmente en mi tierra!

¡Oh continente amado!

¡Oh tierra lejana que nunca volveré a pisar!

¡Oh destino ingrato!

¡Oh suerte perra de un pobre director de teatro!

Morir o no morir,

qué horrible dilema.

¡Oh...!

En ese momento tuvo que detenerse para escupir el zancudo hijo de mala madre que aprovechándose del espectáculo gratuito y la boca abierta se le metió a la garganta.

De reojo observó al grupo para medir el efecto logrado y un poco sentido vio que ya lo conocían, que habían estacionado el auto a la orilla del camino e incluso Melina dormía. El único que apludió a rabiar fue el guardia campesino. Gerardo le hizo una venia y se prometió escribir un tratado de alabanzas a un público popular y su diferencia con un público de jetones cultos que no saben apreciar el arte.

A la tercera venia levantó la cabeza para comenzar él a aplaudir al guardia, no en agradecimiento como el público cree, sino para levantar el nivel de los aplausos y prolongar ese placer intenso y se encontró con que éste se había cultivado y dando media vuelta conversaba con la cajera del peaje. Gerardo con un humor de perros prendió un cigarro y se dedicó a reconocer los ruidos de la selva.

A los quince minutos de haber finalizado su monólogo, el bus regresó con dos cuerpos de militares colgando por las puertas y cinco cuerpos de civiles colgando por las ventanas. A diez minutos de distancia, en medio de la oscuridad habían caído en una emboscada. Considerando la experiencia ganada en América Latina, Gerardo despertó a su gente, pusieron en marcha los motores y entraron en la oscuridad. El peligro había pasado.

Los colombianos han ganado una fama internacional como país de amigos de lo ajeno llegando a desplazar a los chilenos hasta ese momento reyes del cuento de la lotería, inventores del conocido y eficaz paquete chileno, de la docena de diez o nueve, del cuento del tío, pero aventajados hoy de lejos por los nuevos maestros. Cierto que el clima favorece a los últimos. Por ejemplo en tierra caliente, como las que Gerardo cruzaba en ese momento, es imposible manejar sin bajar los vidrios. Conocedores de la temperatura los amigos se paraban en los semáforos y en el rojo se acercaban para arrancar de un manotazo los relojes y pulseras. Pueblo ingenioso, los choferes decidieron cambiar de brazo los relojes y pulseras. Pueblo ingenioso, los ladrones se acercaron con un cigarrillo que apagaban en la muñeca desnuda. Pueblo sufrido pero no pendejo, los conductores lanzaban de inmediato la mano vestida sobre la desnuda para apagar el cigarrillo. Pueblo ingenioso, los ladrones sacaban entonces con toda calma los relojes y pulseras.

Al poco tiempo los relojes andaban por el suelo e incluso los utilizaron en promociones, regalando un reloj por cada diez gramos de coca.

Y si Gerardo pensaba en esto es por lo que una mañana en lo alto de una montaña, cerca de Medellín, paró en una tienda campesina y ofreció al dueño cambiar el único reloj que les quedaba a cambio de un vaso de leche para Melina. Pueblo solidario, el campesino prefirió regalarles la leche a aceptar algo tan sin valor en esas tierras.

El cielo comenzó a oscurecerse cada vez más seguido, las amables plantas en el día se transformaban en garras en la noche y Gerardo tenía que seguir viaje, seguir avanzando en pos de los pajaritos de la leyenda.

Una noche de tormenta, cuando las plantas se estrecharon hasta aprisionar el camión y el auto, a la bajada de una quebradita se encontraron con un camión detenido en el medio del camino y en su interior un hombre con un amplio sombrero de paja recostado sobre el volante. Era imposible retroceder en el fango, era imposible pasar por el lado.

En los bordes del camino, nada, nadie, ni un solo ruido.

En medio de ese silencio inmenso, El Enano bajó con disimulo, se deslizó bajo el camión, llegó hasta el auto y le dijo a Dalibá que retrocediera. Gerardo vio cómo el auto patinaba y se paraba a los dos metros. El Enano regresó, Gerardo pasó la primera, puso las luces altas y le pidió que, las manos en alto, avanzara delante del camión gritando que despejaran el camino.

> Eooooo Eooooo
> somos gente de paz.
> Eooooo Eooooo
> Eooooo Eooooo
> no disparen.

Un siglo más tarde, diez canas más en su barba, cinco nuevos pelos asilados Gerardo vio levantarse una cabeza y lentamente, muy lentamente bajar el vidrio, sacar la cabeza y moverla de arriba a abajo.

Atrás, Dalibá y María de las Mercedes abrazaban a Melina protegiéndola con sus cuerpos y gritando bajito:

Eooooo Eooooo

Te queremos

Eooooo Eooooo

El hombre hizo retroceder su vehículo hasta una entrada en medio del platanal y los dejó pasar sin decir una palabra. Al alejarse Gerardo vio por el retrovisor el camión que nuevamente se cruzaba en el camino y un enorme sombrero que se recostaba sobre el volante, esperando, nunca se sabrá a quién, pero esperaba.

Agotados se detuvieron a su turno, pero para dormir y en la madrugada los despertó una voz aguda cantando:

Aleluya, aleluya

Gloria in excelsis Deus

Aleluya, Aleluya

Maravillados abrieron los ojos y frente a ellos apareció un pueblo completo. Sí, con todo: sacos de arena, tras los sacos los militares atrincherados, una plaza de hermosos y frondosos árboles repartiendo una sombra amiga, una calle y al final de ésta, el mar. Un mar azul que se perdía en la lejanía, que regresaba con sus olas a acariciar la tierra, que alegre y democrático aceptaba a los bañistas y sacaba poco a poco la tierra bajo el cuartel esperando barrer con una parte de la pesadilla.

La cotorra que había abandonado el cura cuando pasó quinientos años antes para bendecir el banano seguía cantando sobre un cartel que decía: Arboletes con amor. Al canto religioso había añadido un silbido de admiración cada vez que caminando en medio del barro aparecía una mujer pintada, de esas que prodigan sus encantos y su sonrisa, y que, periodistas de la vida, llevan las noticias por los pueblos perdidos en la selva.

Gerardo se adentró en el mar llevando a su hija en brazos. Floripondio, el otro actor colombiano que los acompañaba, se dirigió al volcán de barro para darse un baño de belleza, la pintada lo siguió y perdió su tiempo. De ahí salió y para limpiar su conciencia negoció con los militares para que por radio transmitieran un mensaje a su madre adorada: Inminente paso de la frontera. Próximo telegrama desde el eztreinyer. Saludos Flori. De pueblo en pueblo siguió mandando el mismo telegrama. Años más tarde publicó en su tierra natal, la que nunca abandonó, el conocido *Crónicas de una salida anunciada*.

El Enano buscaba las historias locales para preparar un libro. Un campesino le contó la historia de dos familias de la zona que se odiaban a muerte y se batían a duelo a cada rato, una de las cuales tenía una hermosa hija y la otra un gallardo varón. Quiso el destino que ambos se enamoraran y el joven subía las noches de luna llena a su balcón a darle una serenata, pero desgraciadamente la historia terminaba con un mal entendido, la muerte de la niña y el suicidio del hijo.

El Enano maravillado anotaba pensando que incluso la historia podría servir para escribir una obra de teatro. Al irse le preguntó su nombre al viejo campesino.

—Willy —le respondió éste. Añadiendo que había naufragado hacía siglos durante una gran tormenta.

La noche de tormenta que había llevado al grupo hasta esas

lejanas tierras bastó para que durante tres días no pudieran moverse. Una vez más el un, dos, tres momia de su infancia, el un, dos, tres momia del exilio, pero esta vez causado por la naturaleza. Todas las tierras de los alrededores se habían transformado en un pantano donde sonriendo retozaban los caimanes.

Junto a los choferes de camiones bananeros, de camiones de animales, de camiones de contrabando y otros camiones no nombrables, Gerardo se dirigía al alto del camino mirando el horizonte esperando que apareciera el primer vehículo, el primer camión indicando que el camino estaba abierto.

Su mirada se perdía en medio del arco iris, de las nubes de vapor, de las montañas verdes que desaparecían en la eternidad, esperando, siempre esperando, mientras dejaba que el viento de la cordillera o la brisa del mar refrescaran su rostro, perdido en sus sueños, perdido en el continente, feliz de contemplar los espacios, respirando profundamente por lo que desde que el Hacedor de Eclipses lo encerró durante casi tres meses junto a trece amigos en una celda de dos por tres metros, Gerardo necesita espacio, mucho espacio y no acepta que lo encierren, ni física, ni intelectualmente.

A mediodía, perdidas las esperanzas, comenzaba a buscar a su hija en medio de decenas de niñas de la piel dorada como ella, todas hijas de la isla de la miel arrojadas por el mar en esas tierras y buscándola confirmó que en el teatro como en la vida no hay nada nuevo en este mundo y que a la vez cada creación es única.

Sin nunca equivocarse siempre fue la primera que tomó en sus brazos, así fuera una masa de barro, y entraba en el mar a dejarse mecer durante horas por las olas. Dalibá y María de las

Mercedes, sentadas en la arena se dejaban acariciar los pies por la espuma y sonreían pensando en otros mares que mojaban con sus olas las raíces de los olivares, en grandes teatros de piedra al aire libre, en el lenguaje universal de los actores, en los sueños compartidos, y mujeres, ambas despertaban de los sueños con una cierta tristeza para ver las cosas prácticas de ese viaje, sabiendo que el plazo llegaba a su término y que las fronteras se cerraban.

Una más triste que la otra por lo que estaba en su tierra y hoy no sabía a quién temerle más, si a un soldado en la noche o a la deesa y sus sacerdotes en el día. Un poco tristes se preguntaban por qué milagro habían logrado llegar hasta allí y por qué milagro saldrían. Ambas miraron hacia el mar, sonrieron, se dieron media vuelta y partieron a negociar con un camionero para que sacara en sus alas el auto hasta un sendero en que nuevamente pudiera caminar dejando a Gerardo, siempre tan realista, contándole a su hija el *Edipo encadenado* que había visto en el teatro de Epidauro. Ese día Melina celebraba su sexto cumplemeses.

Al amanecer del tercer día bajó el primero; el camión cubierto de barro hasta las ventanillas, el chofer cubierto de barro hasta la coronilla. Entró en medio de gritos y aplausos al pueblo, paró en medio de la plaza, bajó, bebió al seco el vasito de aguardiente que los otros le alargaron y dijo con acento de dios costeño: —eche no joa, que vaina tan dijtinguía. E camino tá'bierto.

Todos corrieron a calentar los motores, Gerardo corrió a buscar a Melina, se acordó de su hermano quien vive hace trescientos siglos en Europa y que al recibir una foto de su sobrina la mostraba orgulloso diciendo: —es única, miren esa piel, como ella no hay otra.

Y Gerardo la buscaba y buscaba entre todas mirando bien para no equivocarse.

Desesperado se dio vuelta hacia Dalibá para que lo ayudara y la vio acurrucada entre sus brazos mirando interesada cómo entre seis colosos subían de un solo tirón el auto a un camión bananero.

Ambos camiones entraron al pantano, Gerardo miró por última vez el pueblo y a esos dioses que, cubiertos de barro para parecer mortales, se paseaban en busca de la pintada. Willy, sentado en la playa, seguía construyendo una piragua.

Los próximos dos meses los pasaron buscando una salida, buscando caminos inexistentes en medio de la selva, en medio de combates diurnos y nocturnos entre el ejército y la guerrilla. En un comienzo los combatientes se sorprendieron al ver pasar la caravana, al final ya los conocían y de ambos lados hacían un alto el fuego para dejarlos pasar. En ambos lados hacían el mismo gesto, llevaban el dedo índice al témpano derecho y lo movían lentamente de atrás hacia adelante y vice versa.

Quizás por eso salieron vivos, por lo que por tradición los pueblos respetan a los poetas y hombres de teatro, es decir, débiles de espíritu, seres anormales, ya que de otra forma no se explica que anden metidos donde no se les espera y nadie, que no sean sus raíces, los llama.

Una explosión de mayor potencia que las escuchadas hasta el momento los hizo detenerse y bajaron temblando a ver si quedaba algo del auto o de la carga del camión. El auto estaba, los decorados de cuatro obras de teatro estaban, entre ellos un enorme telón de cuatro metros por doce en el que se veía dibujada una palmera, un caimán, tres tomates y la cordillera, todo pintado de color sueño de exiliado. Lo único que no estaba era un neumático que desapareció en el aire de la selva. Gerardo paró en una vulcanización, negoció con el gigante la arreglada y esperó bañando a Melina con un tarrito. En un momento éste gritó hacia el interior: —Aureliano, tráete el fierro al rojo.

Asaltado por una terrible duda se acercó al cartelito que anunciaba las reparaciones y leyó: "Vulcanización La Mala Hora".

Una noche llegaron a Turbo, un puerto bananero perdido en la región de Urabá. Llegaron resbalando sobre la sangre. Ese día el ejército había tendido una emboscada y asesinado veintidós guerrilleros. De lo negro de la selva apareció el camión.

El muchachito que cuidaba la entrada del pueblo, encandilado por las luces comenzó a avanzar apretando fuertemente su ametralladora. Sin darse cuenta se alejaba de las luces del pueblo y como una mariposa se acercaba a la llama. Como Gerardo comprendió que el que juega con fuego puede quemarse, apagó el motor, apagó las luces, levantó las manos y gritó: — no dispare.

El soldadito o muchachito miró hacia atrás, casi se muere al ver que estaba solo, comenzó a temblar y a levantar su arma.

Un comandante, sí, un comandante del ejército los salvó sin darse cuenta cuando gritó en la oscuridad: —González, no sea pendejo. ¡Vuelva!

Al día siguiente un comandante los alineó de cara a un muro para conversar con ellos. Era otro comandante, no el de la noche anterior ya que en esa zona los comandantes son como los pañuelos desechables en Europa, la guerrilla los usa una sola vez. Y a diferencia de Europa en Colombia las marcas no indican nada ya que en la zona se llama comandante a cualquier cosa que mande a otro, es casi como si los llamaran doctores. Un comandante, entonces, que revisó los papeles, se paseó para darse el tiempo de pensar en lo que podía pedir y con voz grave acusó: —en el grupo hay un ilegal.

A Gerardo fue como si el cielo le cayera sobre la cabeza. Hasta aquí no más llegamos, pensó. En su cerebro buscaba dos cosas: uno, una forma de sacárselo de encima y dos, saber quién era el jetón que no le había contado todo.

—Los extranjeros, un paso al frente —ordenó el comandante.

Gerardo obedeció rápidamente y quedó con la nariz como tomate del medio golpe que se dio contra la muralla.

Dalibá, que no conocía América Latina ni sus militares, se había dado vuelta y avanzado de un paso. Gerardo decidió jugarse el todo por el todo y usar la lógica. Con gran cautela dio un paso atrás y se puso a su lado.

—Falta uno —ladró el militar.

Gerardo miró a Dalibá, Dalibá miró a María de las Mercedes, María de las Mercedes miró a Floripondio, Floripondio miró a El Enano, El Enano miró a Gerardo y todos juntos miraron al milico quien feliz de su triunfo avanzó, tomó la cuna con Melina y la puso al medio.

—¡Ella!

Y mostrando el pasaporte virgen añadió —no tiene visa de entrada a Colombia.

El resto de los militares cambió de presa y cercaron a Melina apuntándola con sus fusiles. Melina los miró y con una irresponsabilidad digna de su familia levantó el bracito izquierdo con el puño cerrado.

Tras largas negociaciones acordaron que la niña sería deportada y que quedaba bajo la responsabilidad del grupo quien debía presentarla a las autoridades en la próxima ciudad que encontraran ya que el comandante estaba consciente de que a él le era imposible salir del hoyo perdido en que estaba. Anotó su decisión en un papel que recogió del suelo y los dejó partir.

Los lanchones de Turbo desaparecían en la neblina matinal, a decir verdad desaparecían también al levantarse la neblina natural ya que como tantas cosas que en Colombia todo el mundo juraba haber visto, tocado y utilizado, no existían. Y no eran parte de los sueños de Gerardo, existían antes en otros sueños, él solamente los integró a los suyos y a los sueños de los suyos, pensando que un amanecer los embarcarían llevándolos a nuevas y cercanas tierras a continuar montando y desmontando y por las noches juntándose a su público, amando profundamente a su continente.

Hoy Gerardo puede jurarlo. Sí, existen. No en la realidad, pero sí en un sueño colectivo. Es decir existen más allá de la realidad y por lo tanto nunca desaparecerán. Si alguien le pregunta por ellos le indicará el camino, le hará un mapa jurando que los tocó con la punta de sus dedos y pondrá su mano al fuego si intentan desmentirlo. Y un día, luego de una gran tormenta, aparecerán en el horizonte para embarcar a los que creyeron en ellos.

En otro plano el Hacedor de Eclipses lo logró. Si bien es cierto existe, existe mucho más allá de su mísera y sangrienta realidad en el sueño colectivo de miles de exiliados que cada noche lo hacen crecer un poco más para que la epopeya crezca, para que su razón de existir se justifique, para que lo que aparece como pequeñas batallas se transforme en grandiosas batallas. Las libradas contra el tirano, las libradas entre ellos y por lo tanto más crueles, más profundas, más apasionadamente inútiles. Peleándose por un timbre de goma, por un nombre, por manejar la información, apropiándose de palabras, no de contenidos, palabras que respiran la amplitud y que deforman haciéndolas transpirar la estrechez y la miseria; palabras como política o cultura. Las con P o C mayúsculas de los discursos. No las otras, las humildes, las creadoras, las de las sonrisas y los sueños, las de todos los días, las que se construyen con amor y que día a día crean sin que nadie las detenga, se las apropie o aprisione. Y uno a otro se alimentan, se complementan, se necesitan para no ver la realidad y entran en el dominio del sueño y la leyenda.

En un luminoso bar, antro de piratas, de los honorables, de los del mar, quedaba un chileno esperando los lanchones. Naúfrago de otras tormentas, un día abandonó su balsa de marino atraído por el canto de las palmeras y hundiendo sus pies desnudos en el barro destruyó para siempre un certificado de refugiado dado por organismos europeos. Papel que para lo único que le sirvió en el mundo fue para que las autoridades locales le permitieran ir de puerto en puerto, de ciudad en ciudad con nombre de encantamiento, a soñar con sueños prestados y ponerse cada vez más triste. Agarró el acento local, arrojó al mar encerrado en una botellita el acento inconfundible de la cueca y dijo:

—Eche no joa, prefiero sé contraandista.

Y revivió.

El camión patinaba peligrosamente en la cuesta de arcilla roja sabiendo que no tenía derecho a detenerse, que debía pasar como fuera, que la tregua acordada era de segundos y sin embargo la arcilla insistía en aprisionarlos, como si la sangre de los quince soldados caídos la noche anterior en una emboscada quisiera vengarse en ellos.

La selva generosa decidió protegerlos. Extendió sobre el camino hojas de plátano, de gomero, guaduas gigantes. Entregó el jugo de sus cañas de azúcar para refrescar y alimentar a Melina y los viajeros. El sol concentró sus rayos sobre un nido de iguanas, secó la piel pergaminosa que recubre sus huevos, los doró en su interior y entregó esta bola de placer a las bocas hambrientas del grupo. A partir de ese momento las palmeras se cimbraron con más fuerza, el canto de los guaduales fue más alegre, los colores tomaron forma de mujer.

Al perderse vieron cómo manos amigas retiraban la alfombra del camino para que sus seguidores resbalaran en su propia sangre llorando a gritos no por lo que la presa se escapara, sino por lo que a cada intento de salir se hundían más y más en la quebrada.

En las fronteras un número, el quinientos veintinueve en una lista de cinco mil, se difundía como una mala noticia, como un chisme mal intencionado de latinoamericano, de comisario latinoamericano, de esposa de comisario latinoamericano; como una crítica acerada de una obra no vista, y sus guardianes preguntaban a coro: —¿Y a dónde va después?

Y a Gerardo ya le era difícil saber a dónde iba en aquel momento. Una tras otra se cerraban las barreras empujadas por el Hacedor de Eclipses, a veces ayudado por manos conocidas, por sonrisas conocidas, por amigos que en Europa venían a sus casas y que hoy acosados por la miseria se escondían detrás de una mata de plátano para chupar hambrientos la cáscara temiendo tener que compartir, sin darse cuenta que el banano, no el de exportación, es generoso y alcanza para alimentar a todo un pueblo transmitiendo a su vez el amor por otros alimentos al igual que lo hace (¿o lo hacía?) el tomate en lejanas tierras.

Y en una espiral de muerte los caminos los conducían nuevamente hacia el centro del país, subiendo y bajando cuestas en espirales cada vez más cerradas, subiendo y bajando las manos cada vez más seguido, espantando de ciudad en ciudad a las bandadas de loros sin saber cómo adivinaban cuándo y por dónde llegarían para crear el comité de recepción, para cerrarles el camino. Fracasando, afortunadamente, fracasando.

Lo que nadie logró, casi lo logra involuntariamente un aprendiz de músico, un aprendiz de brujo. Una noche de tormenta, de pequeña tormenta, tormenta de lluvia solamente, sin tiros, sin asaltos, sin guardias, casi una tormenta civilizada.

Resumiendo: una porquería de tormenta como esas que se ven en Europa, en una gran cuesta antes de llegar a Medellín por otro camino hasta ese día ignorado de los mortales, Gerardo detuvo el camión en una curva que bloqueaba Dalibá. No la guerrilla, no los militares, no los bandoleros, no los narcos, no los loros. Dalibá.

Dalibá proviene de una familia numerosa, muy numerosa, lo que no impidió a Gerardo enviarle saludos a toda su parentela mientras amarraba el camión a una roca para que no se deslizara al precipicio cuando con El Enano y Floripondio bajaban el ascensor del camión para subir la parte delantera del auto amarrándolo con cuerdas, serpientes y suspiros. Floripondio, un caballero, guardaba silencio. El Enano, un populárico, saludó igualmente a la familia de la susodicha.

Por seguridad Gerardo le pidió a El Enano que fuera atrás en el auto y que en caso de que las cuerdas, las serpientes y los suspiros cedieran, tocara la bocina para detenerse de inmediato, que saltara del auto para colocar piedras en sus ruedas y así dar tiempo a María de las Mercedes y a Dalibá para que sacaran a Melina.

Gerardo pasó la primera, Floripondio cortó las amarras, gritó "Mamá adorada" y subió corriendo al camión el que se deslizó primero hacia la montaña, enseguida hacia el precipicio. En lo alto otros camioneros miraban, unas viejas vestidas de negro habían llegado y arrodilladas con los brazos en cruz invocaban a la virgen.

Virgen del Socorro,
que la Maligna los
pille confesados.
Virgen del Socorro,
haz que no sufran.
Virgen del Socorro,
recomiéndalos a tu
sagrado Hijo.

Virgen del Socorro,

ten misericordia,

son comediantes,

no saben lo que hacen.


Lenin, Marx y Engels,

adelante compañeros.

Proletarios del mundo

únanse para empujarnos.

Revolución mundial,

Revolución universal,

Revolución de los motorcitos

no te detengas.

Arriba, arriba.

Tierrita, unida,

jamás será desmoronada.

Arriba los...

El sonido de la bocina explotó en los oídos de Gerardo.

Virgen de los camioneros,

Virgen de los comediantes,

haz que encuentre

una piedra en el camino,

invocó el impío frenando con toda su alma el camión al mismo tiempo que lo desviaba hacia la montaña.

La lluvia también paró. —¡Milagro, milagro! —gritaron las viejas encendiendo velas en la cima de la montaña. Los camioneros aplaudieron, el agua continuaba bajando a torrentes por el camino.

Atrás El Enano, los ojos como huevos fritos, miraba fijamente la puerta trasera del camión sin decir una palabra. Gerardo siguió su mirada y vio que con el movimiento brusco ésta se había abierto de diez centímetros trancándose en el parachoques del auto.

Volvió a mirar a El Enano tratando de entender. Acercó sus oídos a la boca de éste y escuchó un susurro:

—Mi quena, se puede caer mi quena.

Gerardo contó hasta diez mil para calmarse y al diez mil uno comenzó a gritar arrancándose sus últimos pelos. Una de las ruedas traseras del auto giraba en el vacío.

Unas manos negras, blancas, cobrizas se unieron para tejer una liana y los camioneros los sacaron de la cuesta. Cientos de estrellas señalizaron el borde del camino, en lo alto un campesino calentaba un vaso de leche para Melina. Un lucero brillaba en la lejanía.

Una noche, un veinticuatro de diciembre el viejo camión se detuvo en una calle de Medellín frente a una gran reja de metal y se negó a seguir avanzando. Acostumbrado a luchar con los elementos naturales, con los elementos antinaturales y uno que otro sobrenatural, Gerardo acomodó una tabla en la cabina, fabricó una almohada y recostó a Melina para dormir y que el día siguiente fuera lo que quisiera. Cuán lejos estaba el París en que algunos chilenos corrían tras el metro, corrían en los andenes para colocarse en el primer vagón o en el último si estaba más cercano a la puerta de salida de la próxima estación, ganando unos segundos, corriendo, siempre corriendo, ganando tiempo, corriéndole a la muerte, corriéndole al olvido, corriendo hacia la nada, corriendo.

En la madrugada fueron despertados por el murmullo de los

rezos de decenas de mujeres que arrodilladas prendían velas alrededor del camión y del auto.

Gerardo bajó con su hija en brazos, las miró con extrañeza y leyó el enorme letrero que dominaba la colina: "Cementerio de Belén" decía, y al frente, en un pequeño bar, otro letrero en el que se leía: "El último esfuerzo". Era el veinticinco de diciembre, su hija tenía nueve meses y a diferencia del camión comenzaba a dar sus primeros pasos.

En un mísero hotelucho de la ciudad de Medellín El Enano cruzó con su pesada maleta otra pareja que iba a vaciar sus jugos en el país consagrado al Sagrado Corazón de Jesús. Una vez que El Enano cerró la puerta tras suyo, Gerardo miró a María de las Mercedes y a Dalibá que a coro le lanzaron la gran pregunta.

Gerardo, que había permanecido un año y medio en su continente, había recuperado su latinoamericanidad y se adelantó a ellas.

—Llamen a Presidencia de la República, a la prensa, regresamos a Bogotá, nos declaramos en huelga de hambre exigiendo un país donde vivir, un país donde crear, un país donde soñar esperando el día en que...

Y Gerardo se interrumpió al verles la cara, y no terminó la frase por lo que Gerardo continuaba soñando.

Cuenta la leyenda que al cabo de tantas vueltas los sindicatos comenzaron a protegerlos, aquellos a los que llegaba la deesa y los otros, que un rector que hablaba griego intervino frente a la policía política para que les conservaran la vida, que el encargado de cultura de la Presidencia firmó el último papel de su mandato pidiendo clemencia, que un guardián negro de un parqueadero los escondió a riesgo de su vida en una zona militar, que un grupo de estudiantes juntaron sus manos como escudo alrededor de ellos, que un senador de la república dirigente de la comisión de derechos humanos intervino por ellos pidiendo que al menos una vez éstos fueran respetados, que Naciones Unidas extendió una vez más sobre ellos su manto protector, que los suyos lo ayudaron, que un excomandante hoy jefe máximo de la aduana les entregó un papel firmado y sellado para que alcanzaran a cumplir su último plazo, el fatal, el de la llegada a un puerto de donde un exactor los embarcara, expulsados nuevamente de su continente.

El teatro había ganado pese a todo el derecho a una nueva vía. A lo mejor un nuevo derecho humano podría realizarse algún día: el derecho inherente a todo creador a mostrar sus obras, el de la libre circulación entre los pueblos, el del fin de la censura.

Cuenta la leyenda que Desdémona al conocer la declaración de Gerardo y su grupo guardó silencio, por la democracia y el entendimiento entre los pueblos. Así sea.

Una vez más atravesaron una parte de su continente y en el último control no levantaron los brazos, los extendieron en cruz para arrancar una guanábana y una papaya a cada orilla del camino.

Esta vez no dieron dinero al soldadito, sacaron de uno de sus cofres un tesoro y le regalaron un libro. El comandante y sus hombres parados en el medio del camino comenzaron a juntar las letras del título: Ele con a, La. Eme con a, con ele, con de, con i, con ce, con i, con o y con ene: maldición.

De con e, de. Ele con a, la. Pe con a, con ele, con a, con be, con ere, con a: palabra.

—*La maldición de la palabra* —gritó agarrando su metralleta, pero ya el grupo se perdía en el puerto a embarcarse.

El capitán del barco tenía la orden de abrir un sobre en alta mar para comunicarles su destino.

Y del barco nunca más se supo. Cuentan algunos marinos que en las noches de luna llena y de neblina tras una tormenta, a veces a lo lejos se divisa la silueta de un camión que atraviesa los océanos.

Una noche de luna llena Melina cuarta, una hermosa adolescente de la piel dorada como la miel, en una isla perdida en el océano subió a una palmera que crecía solitaria en medio de un campo de tomates. En lo alto encontró una pirámide semidestruida y en su interior descubrió el manuscrito del libro que están terminando de leer.

Sobre el autor

**Gustavo Gac-Artigas**, escritor, dramaturgo, actor, director de teatro y editor nacido en Santiago de Chile, pero criado en Temuco, añadiría de inmediato Gustavo. Desde 1995, tras vivir montando y desmontando pirámides, quirófanos, templos y mágicos cuartos de conventillo en Francia, la RDA, Bulgaria, Holanda, Puerto Rico, Argentina, Perú, Bolivia, Ecuador, Colombia, Suiza, Dinamarca, Túnez, Bélgica, y uno que otro país que la frágil memoria guarda en el olvido, reside en Nueva Jersey, Estados Unidos.

¿Chile? Chile en el corazón, como diría Pablo.

Es miembro colaborador de la Academia Norteamericana de la Lengua Española (ANLE).

De Era el *tiempo de soñar* (1992), dijo el escritor Severo Sarduy: "escritura imaginativa, de extrema teatralidad y de ficción (basada en hechos históricos a veces reconocibles) que hacen del texto uno alógeno, personal y único".

De *¡E il orbo era rondo!* (*Y la tierra era redonda*) (1993) dijo Edith Grossman, traductora de García Márquez, "me impresionó mucho el juego temporal, la interpenetración de lo histórico, lo mitológico y lo surreal. Un libro difícil, pero valioso, más parecido a un poema épico que a una novela."

Otros títulos en la Biblioteca electrónica de Gustavo Gac-Artigas
Narrativa:
*Y la tierra era redonda*    Segunda edición, primera en formato digital
*Tiempo de soñar*    Segunda edición, primera en formato digital
*El solar de Ado*    Segunda edición, primera en formato digital
*Ado´s Plot of Land*    Segunda edición, primera en formato digital
*Dalibá, la brujita del Caribe*
*Un asesinato corriente*
Teatro:
*Cinco suspiros de eternidad*
*Te llamamos Pablo-Pueblo*
*El país de las lágrimas de sangre*
*Gonzalito o ayer supe que puedo volver*
*El huevo de Colón o Coca-Cola les ofrece un viaje de ensueños por América Latina*